忍びの副業

上

Shinobi no Fukugyo

畠中恵

講談社

忍びの副業 上

目次

〈下巻 目次〉

望《もち》月《づき》十《じゅう》郎《ろう》

甲賀忍びの末裔。占いの名手で、曲玉《まがたま》を使った首飾《くびかざり》曲玉秘伝占術が得意技。忍びの技は、全体にそつなく使える。

滝《たき》川《がわ》弥《や》九《く》郎《ろう》

甲賀《こうが》忍びの末裔。四本の打鉤《うちかぎ》を自在に使う。甲賀衆の現状を憂いつつ、持ち前の熱さで若い衆を快活に引っ張っていく。吉乃に秘かに憧れている。

土《つち》山《やま》蔵人《くらんど》

甲賀忍びの末裔。指や腕の力が強く、素手で城壁を登る。また、火薬を使った秘中の秘の技使い。姉の吉乃と似て色白なので、姫《ひめ》若子《わこ》などと呼ばれる。

土《つち》山《やま》吉《よし》乃《の》

甲賀忍びの娘で、いわゆるくノ一《のいち》。蔵人の姉。忍《しの》び鎌《かま》が得意だが、誰もお市《いち》の方《かた》の再来と言われている綺麗な吉乃が術使いとは思っていない。

登場人物紹介

徳《とく》川《がわ》 家《いえ》基《もと》

十代将軍・家治《いえはる》の世継ぎ。ただ一人の和子として大事にされているが、時にそれが重くもある。

田《た》沼《ぬま》意《おき》次《つぐ》

江戸幕府老中《ろうじゅう》。大胆な幕政改革を手がけて「田沼時代」を築き、出世を重ねた。

兵《ひょう》藤《どう》

書院番。ざっくばらんで率直、男気がある。

羽《は》奈《な》森《もり》恵《けい》吾《ご》

西之丸《にしのまる》小姓組。優しく、お役目に忠実な真面目な人柄。

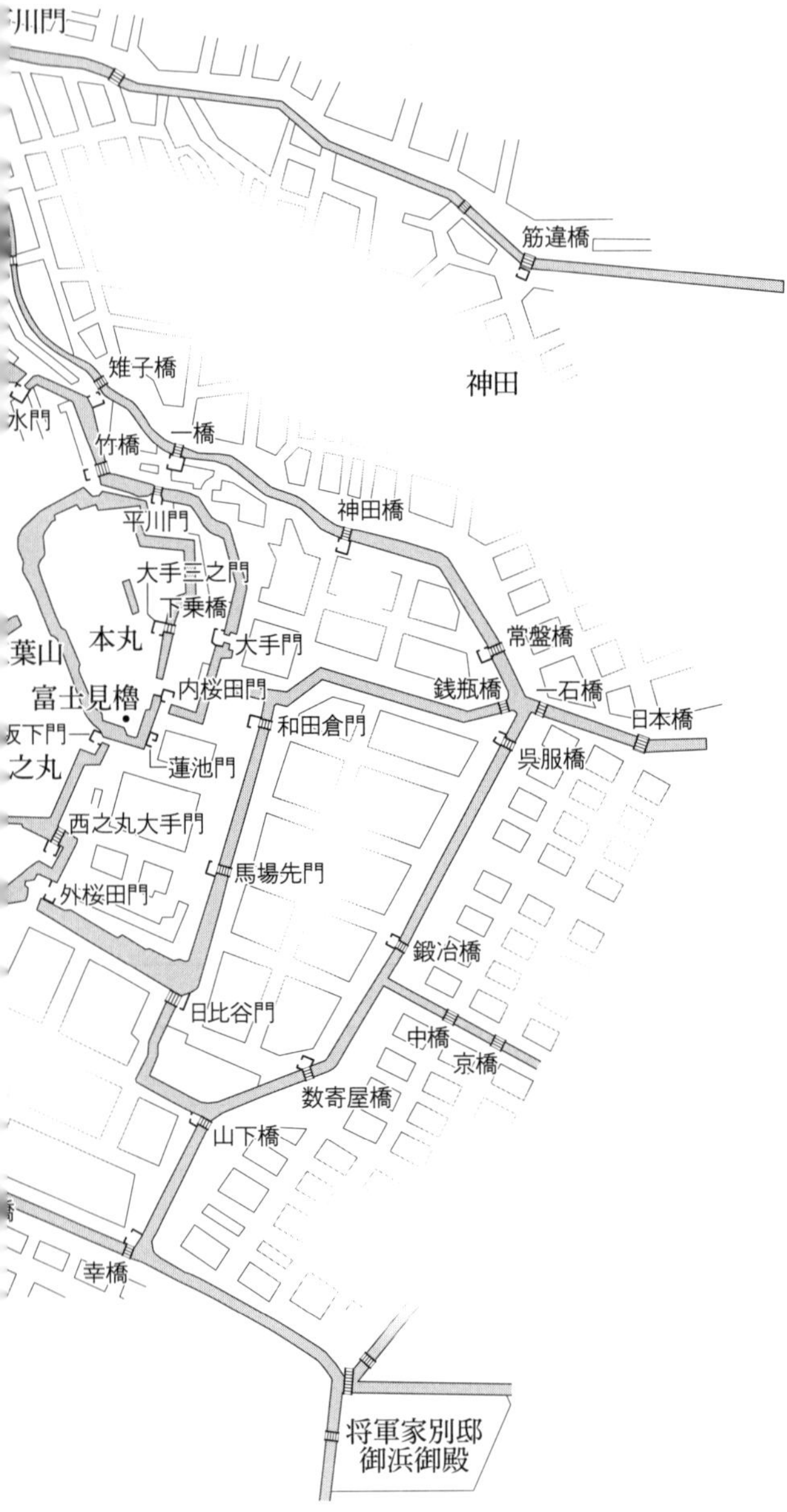

川門
筋違橋
雉子橋
神田
水門
竹橋
一橋
平川門
神田橋
大手三之門
下乗橋
本丸
大手門
常盤橋
葉山
富士見櫓
内桜田門
銭瓶橋
一石橋
日本橋
和田倉門
下門
呉服橋
之丸
蓮池門
西之丸大手門
馬場先門
外桜田門
鍛冶橋
日比谷門
中橋
京橋
数寄屋橋
山下橋
幸橋
将軍家別邸
御浜御殿

1775年ごろの江戸城

地図作成：株式会社アトリエ・プラン

装画

山本祥子

装幀・デザイン

大岡喜直（next door design）

忍びの副業

上

第一章

忍びの副業

一

甲賀忍《こうがしの》びの末裔《まつえい》、滝川弥九郎《たきがわやくろう》は、江戸城《えどじょう》本丸御殿の傍らで、忍具の打鉤《うちかぎ》を両の手に握った。打鉤は長い縄の先に四つの鉤がついた道具で、忍び仲間内でも、片手に一本扱うものであった。だが弥九郎はそれを、二本ずつ使う。身の丈よりも遥《はる》かに長い縄の忍具を四本、己の手の様に動かすのだ。

多くの鉤を支えに出来ると、忍具の使い方が変わった。例えば石垣の上に打鉤を引っかけ、綱を頼りによじ登るのではなく、四方の岩に刺した鉤で己を支えつつ、飛ぶように宙を移る事が出来た。友の十郎《じゅうろう》からは、今時必要の無い、無駄に凄《すご》い技だと言われている。

弥九郎は御殿の屋根を見上げてから、甲賀組へ用を頼んできた表右筆《おもてゆうひつ》に目を向けた。

「では急ぎ、書面を探してきます」

そうつぶやいた時、既に弥九郎の姿は、地面の上に無かった。繰り出した右手の鉤を二本、屋根の端に引っかけると、体が浮き上がる。直《す》ぐに左手の鉤が、もっと奥へと飛び、弥九郎は屋根へ姿を消した。

「おおっ、凄い。一寸《いっすん》で居なくなったぞ。これが忍びか」

下から、表右筆の声が上がってくる。

江戸の世、噂《うわさ》には聞いていても、忍びの技など、見たことなどない者がほとんどだろう。忍びであれば夜目《よめ》が利くので、技の修練は、人目がない夜にやるからだ。下手に術など見せたら、謀反を疑われるか、今日のように、良いように使われる恐れがある。

(だが今は吉乃《よしの》殿のため、金を稼がねばならん。特別だ)

弥九郎は、あの麗しい吉乃を嫁にする男が、妻を大事にしてくれる、良きおのこであることを、切に願っていた。


四半時前、弥九郎は江戸城本丸にある、御休息所《ごきゅうそくじょ》前多聞《たもん》の前で、友二人と空を仰いでいた。

御休息所は、大手《おおて》御門《ごもん》から城内へ入り、中の御門、本丸正門と辿《たど》った先、巨大な御殿の傍らにあった。いつもであれば鉄砲百人組、忍びの末である弥九郎達が、うろつく場所ではない。

だが今日、ぐっと立場の強い表右筆から呼ばれ、この場へ来る事になった。

「何で今更、忍びの技を求めてくるのかね」

弥九郎が渋い顔をすると、傍らで望月《もちづき》十郎と土山蔵人《つちやまくらんど》が、首を横に振る。今は将軍、家治《いえはる》の治世であり、そもそも忍びなどというものは時代遅れだ。誰も、話題にもしない者であった。

「甲賀、伊賀《いが》の忍びが真に活躍できたのは、二百年近くも前の、戦国の世だからな」

当時の日の本は、命を賭けた戦いに明け暮れていた。負ければ己の首が飛び、殺され、捕らえられ、売り飛ばされた。里そのものが一つの戦で、失われていたのだ。

「命のやりとりをする日々の中で、我ら忍びは、勝敗の鍵を握る者だった」

十郎、蔵人が隣で、柔らかく頷《うなず》いている。

忍びは、敵国の内情を探り出し、戦となれば先陣も切った。火薬を扱い、薬を作って怪我人《けがにん》の手当もした。忍びの働き次第で、多くの戦の行方が決まっていたのだ。

そうして戦国の世を大名達と戦い抜き、ついには神君家康《いえやす》公の伊賀越えを、伊賀者、甲賀者共にお助けした。その功あって、忍びの末達は江戸城の中でお役を頂いたのだ。

江戸城の奥にて、大奥警護を仰せつかっている伊賀者も、鉄砲組として、大手御門など表の警護に付いている甲賀者も、江戸開府以来、長きにわたって公儀と共にあった。

なのに。

「十郎、何でだ？　いつの間に我らは、ただの警護の者になっていたのだ？」

一国の命運を左右していた筈《はず》が、今では門近くの番所で、日がな一日座っている。この太平の世、大名達は、決まり通りに城中へ行き来するばかり。弥九郎達はお役目の時、番所で誰何《すいか》の声一つ、上げたことがなかった。

「当然、功を上げる機会などない。出世もしない」

ただ昨日と同じ日々が、今日も続いているだけなのだ。しかしそれが酷《ひど》く悔しいのか、一門では内々でそっと、忍びの技が伝えられている。それ故か……今日は、表右筆から呼び出されたらしい。だが。

「正直に言うぞ。おれは親父《おやじ》様から、甲賀の技を仕込まれるのが、嫌だった」

十郎と蔵人が、しかめ面の弥九郎を見つめてくる。

「もちろん厳しく教えられ、大変だった。だがそれ以上に、むなしかった。甲賀者が先祖の技を覚えて、これから何をするというのだ？」

夜の闇に紛れ、鍛錬を繰り返すだけで、実際、何かをなす機会などない。役に立つとしたら、それは下の世代を鍛える時だけだろうと、弥九郎は言った。

「だから親父様達は、おれ達を必死に鍛える。習得した技が、無駄そのものだと思いたくないからだ」

「弥九郎、言い過ぎだ」

二つ年上の十郎に、たしなめられたが、言葉が止まらない。

「今日の役目とて、大したものではあるまい。御殿の屋根に猫でも逃げたので、捕まえてこい。そう言われるんじゃないか？」

「屋根に登るなら、梯子《はしご》を使えば済みます。まさか、甲賀忍びを呼んだりはしませんよ」

まだ十六の蔵人からも、なだめるように言われて、弥九郎はやっと不平を止《や》めた。すると十郎が笑って、今日の呼び出しの良い点を、思い出させてくる。

「今日のことは、警護の職務ではない。いわゆる頼まれ仕事、副業だ。つまり、余禄《よろく》が入るではないか」

「それは……確かにありがたいな」

今は是非とも、金子《きんす》を得ねばならない時なのだ。

「何しろ吉乃殿の縁組みが近い。急ぎ、婚礼道具を買う金を、調達せねばならん」

そう口にすると、蔵人が、友二人へ深く頭を下げてくる。

「その、当家の為に、申し訳ない」

土山家は、甲賀の中でも、見目良い者を多く出す家として知られていた。蔵人も色白で、姫《ひめ》若子《わこ》などと呼ばれているが、姉の吉乃はもっと華やかだ。甲賀では、お市《いち》の方の再来、などと噂されていた。

すると、やはりというか、吉乃は格上の武家達から是非嫁にと請われた。縁談の、余りの多さに悩んでいた親は、吉乃の嫁入りを早々に決めたのだ。

ただ、ぐっと禄《ろく》の多い武家へ嫁ぐとなれば、嫁入り道具も、簡単なものでは済ませられない。だから土山家に近しい甲賀者達は、今、金の調達に励んでいた。勿論《もちろん》今回の謝礼も、吉乃の道具類に化ける。

「姉君の婚礼には、我ら甲賀者の体面も関わっておる。蔵人、何度も頭を下げることはないぞ」

十郎がやんわり言い、弥九郎は笑った。

「何しろ吉乃殿の相手は、ただの、格上の者ではないのだから」

吉乃の縁談相手は、甲賀が長年、我慢を重ねてきた相手、〝お庭番《にわばん》〟であった。実は甲賀では、相手がお庭番と聞き、吉乃の縁組みを喜ばない者が未《いま》だに多いのだ。

お庭番は元々、八代吉宗《よしむね》公が紀州《きしゅう》から連れてきた者達で、国元では表向き、警護の勤めをしていたらしい。そして藩主の命で諸方へ向かい、内々の実情を探っていたのだ。

それが吉宗公と共に江戸へ来ると、幕臣となり、間諜《かんちょう》として働き始めた。

お庭番達は将軍に、直《じか》に会う機会があった。命じられて諸国へ向かい、重要な報《しらせ》を持ち帰ることもあったから、出世の機会を得ていた。最初は伊賀、甲賀と同じような禄だった筈が、今は多くが、旗本並みの禄を得ているのだ。

そしてしまいには、〝伊賀者〟と言われるようになっていた！

お庭番らは〝伊賀者〟を、お役目上の呼び名だと言っているらしいが、伊賀の出でもないのに、何故《なにゆえ》〝伊賀者〟なのか。弥九郎達には未だに、どうしても分からないのだ。

だが土山家は一門の不満を承知の上で、吉乃の縁談を決めた。今回の縁をきっかけに、双方の関係が少しは良くなって欲しい。弥九郎や蔵人だけでなく、甲賀者の多くが、そう願っているのだ。

「だからこそ、立派な道具は必要だ。嫁いだ先で、小禄の甲賀から来た嫁だからと、吉乃殿が侮《あなど》られてはいけない」

十郎の言葉に、弥九郎達は強く頷く。

（自分があの人に出来る、最初で最後のことだ。頑張って金を作ろう）

少しばかり胸の奥が痛む気がするのは、気のせいだ。弥九郎は、そう思うことにしていた。

二

じき、御休息所前多聞前に、頼み事をしてきた表右筆が現れた。そして弥九郎達は用件を聞き、片眉を引き上げることになった。

（おや、猫ではなかったが……本当に、御殿の屋根で拾いものをするのか。驚いた）

昨日、江戸では風が酷く吹き荒れていた。その時御殿の内から、それは大事な書き付けが巻き上げられて飛び、屋根や、櫓《やぐら》、果ては高い木の上へ、消えてしまったという。

甲賀者は今、幕臣として徳川家に仕えている。つまり城奥で書かれた書面が失《う》せた場合、ただのしくじりでは済まないことは、弥九郎にも分かった。

（良くてお役御免、お家は小普請に入れられ、禄が大きく減るだろう。下手をすれば、当人は切腹だな）

表右筆は、己で屋根に上がり、書面を探す事も考えたと言ってきた。

「だが梯子を使えば、何をしていると問われ、失《う》せ物《もの》の事が露見する。それはまずい」

何としても直ぐに、そして静かに、大事な品を取り戻さねばならないのだ。

（それで、我ら忍びの末に、声が掛かったというわけか。やれやれ）

そういう事であれば、昨夜の内に屋根へ向かいたかった。しかし江戸城勤めの者達は、下城の刻限が決まっている。それで弥九郎、望月十郎、土山蔵人の三人は、日中から御殿脇へ呼び出されたのだ。

「屋根へ登っている所を、御殿内から見られたら、我らもお咎《とが》めを受けそうですな」

弥九郎の小声に、十郎らも困ったと言い始める。表右筆が慌《あわ》てた。

「その危うさは、とうに分かっておるとも。御殿の人々には、見て見ぬ振りをしてもらえるよう、勿論、根回しをしてある」

蔵人は頷いたが、弥九郎は大きな御殿の屋根の端を見上げ、首を横に振った。

「ですが、御殿にいる方々全てに、話が伝わってる筈もないですよね。危ういことだ」

それでも今更、断れない。頼み事は、甲賀一族の長老を介して来ていたのだ。断られたら困ることは、断りにくい形にして押っつけてくると、昔から決まっている。

表右筆は、本心困っているようで、珍しくも、低い立場の鉄砲組へ頭を下げてきた。

「頼む、日頃縁も無いのに、勝手を言うと分かっておるが、屋根へ上がってくれ。お主達だけが頼りなのだ」

こういう時だけ偉そうにするのが嫌で、弥九郎は早々に腹を固めた。

「分かり申した。書き付けくらい、それがしが打鉤で集めます。ご心配なさるな」

すると十郎が、弥九郎へ溜息《ためいき》を向けてくる。

「弥九郎、打鉤は登るときだけ使い、書面は手で拾ってこい。鉤で紙を裂いてしまったら、大事だぞ」

「紙の穴くらい、我らの手仕事で、直ぐに直せるではないか」

忍びの技は、多岐にわたるのだ。だが十郎は頷かない。

「弥九郎、お前は忍びとして、戦国に生まれなかったのが惜しいくらいの、技使いだ。だが、時々無謀をするというか、しょっちゅう心配をかけるというか、心配事を拾ってくるというか。とにかく無茶はするな」

「おい、十郎、おれは日頃ちゃんと、勤めを果たしているぞ」

年上の友に、つい文句を言ったが、若い蔵人に笑われてしまった。

「そろそろ拾いに行きましょう。こんな場に、長く居るものではないでしょうから」

すると表右筆の口から、更なる心配事が飛び出してきた。

「その、書面は大事に扱ってくれ。実は……奥右筆様からお預かりしていた書面まで、一緒に飛び去っておってな」

「おお、それはまた、大事で」

奥右筆は、表右筆よりぐっと重要な立場の者で、幕閣で物を言うこともある。つまり今回の事が露見したら、表右筆の罰は、小普請入りではなく、切腹になりそうだと思い至る。それで、表右筆は焦っていたのだ。

「約束の礼は、既に親御へ渡しておいた。忍びの技を示してくれ。頼む」

「大いに役立ったら、酒代など足して頂きたいものだ」

弥九郎は笑いつつ、御休息所前多聞の傍らで、打鉤を懐から取り出す。一方十郎は胸元から、曲玉《まがたま》を取り出し印を結ぶと、首飾《くびかざり》曲玉秘伝、占術を素早く行った。

曲玉が、触れてもいないのに動く。玉の先が向いた方へ、十郎が目を向けた。

「堀脇の高い木の上に、幾つか引っかかっているようだ。蔵人、そちらはお主に頼む」

木は枝が邪魔になるから、打鉤を使って登るには向かないのだ。その時、心配顔の表右筆が口を挟《はさ》んでくる。

「その、御殿の屋根に飛んだ書面は、結構な数があるのだ。拾うとき、あちこちの屋根へ移るだろうが、音を立てると見つかる」

曲者《くせもの》が現れたかと、騒ぎが起きては困ると言うのだ。だが、弥九郎も蔵人も笑った。

「役目の時、足音を立てる忍びなどおりません。大丈夫ですよ」

「そ、そうなのか。いや、知らなんだ」

ここで、まずは蔵人が高い木へ駆け寄る。飛び上がり、一番低い枝へ手を掛けたと思ったら、そのまま上の枝の中へ、吸い込まれるように姿を消した。

「おおっ、凄いな」

「表右筆殿、蔵人は、腕や指の力が強いのです。木でなく城であっても、腕の力だけで登っていきます」

じきに上から、この木には一枚あったと、声が降ってくる。ふわりと落ちてくる書面を、十郎が下で受け取ると、蔵人は降りてくることなく、隣の木へ飛び移った。

「このまま移りつつ、堀沿いの木を調べていきます」

「分かった。ではそれがしも急ぎ、書面を探してきます」

そうつぶやいた時、既に弥九郎の姿は、地面の上に無かった。打鉤を使い、一際《ひときわ》高い御殿大屋根の端まで一気に登ると、そこから辺りへ目を向ける。弥九郎は顔を顰《しか》めた。

「これは……。書面が山と落ちておる。昨日の嵐、そんなに凄かったかな？」

一々そっと拾っていては、いつまで経《た》っても集め終わりそうもない。穴が空いたら、それを直すほうが早そうで、弥九郎は書面集めにも打鉤を使うことにした。

屋根から四本の打鉤を四方へ飛ばし、まずは手近な紙を引っかけ引き寄せる。何枚かを見て、穴を確かめた時、弥九郎は一寸目を見開いてしまった。

「はて？　この書き付け……本当に、表右筆が書いた書面なのか？」

それとも、奥右筆のものなのか。

「それにしても、奇妙な」

口を引き結んだが、今は、考え事をする時ではない。素早く集めた紙を懐へしまうと、弥九郎はふわりと、次の屋根の上へ降りてから、更に残りの書面へ打鉤を投げていく。

集め、飛んで場を移り、更に書面を手にした。あの表右筆が言い訳を見つけ、梯子を掛けて書面を集めず、良かったと思った。こうも数が多いのでは、表右筆は途中で、屋根から落ちていたかもしれない。

（あと、少しか）

するとだ。四枚同時に引き寄せていた時、下の回廊下《まわりろうか》から声が聞こえ、手元が狂った。一枚を鉤から外してしまったのだ。

（うわっ、まずい）

書面は、御殿の中庭へ飛んだが、庭は廊下で囲まれており、人が行き来している。落ちたら拾いには行けないから、弥九郎は慌てて打鉤を繰り出し、宙で書面を引っかけた。

ところが。肝心の書面はきちんと取り戻したものの、顔が引きつる。廊下に若い武家が現れると、宙の書面に気がつき、顔を上げたからだ。弥九郎と、目が合ってしまった。

（勘弁してくれっ）

必死に打鉤を繰り出し、勢いを付け、庭から見えない場所へと飛《と》び退《の》く。更に、御休息所前多聞の手前まで一気に移りつつ書面を集めきると、表右筆の前へと降りる。そして、待っていた皆を促し、急ぎその場を離れる事になった。

後はあの若い武家が、表右筆から金を貰《もら》っており、騒がないことを願うだけであった。久方ぶりに忍びとして務めた仕事はこうして、疲れを伴って終わったのだ。

三

書面を拾い集めてから、半月ほどが経った。あの後、江戸城御殿で騒ぎは起きず、弥九郎達はほっと胸をなで下ろしたのだ。

だが、しかし。またしても仕事を頼まれ、江戸城内へ来た弥九郎達は、三人とも、眉間に皺《しわ》を刻んでいた。

あの副業の後、甲賀の一門は別の騒動で、揃《そろ》って不機嫌な顔つきになっているのだ。吉乃の縁談が、ある日いとも簡単に、破談となっていた。

表向きは、吉乃の養子縁組が駄目になったゆえの、仕方の無い話とされた。吉乃は、それはそれは器量よしで、まだ若いのだから、これからも縁談は多く来るとは思う。

しかし。

吉乃の弟蔵人は、親と親戚達の愚痴を、朝から晩まで聞く事になり、顔が引きつってきている。一方弥九郎は、胸の奥の疼《うず》きを、いささか持て余していた。

(今回の縁談相手は、忍び達が長年我慢を重ねてきた相手、〝お庭番〟だった)

それでも吉乃の為、甲賀一門は不満を飲み込み、分不相応な支度金を必死に用意していたのだ。

しかしその願いは、正面から踏み潰された。破談と聞き、甲賀忍びの末達は皆、憤っているのだ。普段落ち着いている十郎も、今日は会ってから五回目の溜息を漏らしている。

「吉乃殿の破談を聞いてから、うちの親父様まで、苦無《くない》を手元から離さないのだ。お庭番へ喧《けん》嘩《か》を売りそうで、危なっかしくて敵《かな》わん」

苦無は刃が付いていない細長い忍具で、壁に打ち込んで城壁を登ったり、紐《ひも》の先に結びつけ、打鉤代わりにする物だ。地を掘ったり、手裏剣《しゅりけん》のように投げる事すらあって、よく使われる。これが扱えない忍びなど、およそ見たことがないほど、馴染《なじ》み深い忍具なのだ。

ところがこの江戸城には、〝伊賀者〟と、忍びのような名で呼ばれながら、その苦無一つ、満足に扱えない者達がいた。それがお庭番達なのだ。

忍びの末としては、苦無すら扱えない〝伊賀者〟など、いてはならぬ者と思う。

（そんな輩《やから》が、吉乃殿に、苦い思いをさせたのだ。ああ腹が立つ）

弥九郎は唇を薄く噛《か》むと、御殿の傍らにある、富士見御宝蔵《ふじみごほうぞう》前で天を仰いだ。するとそこへ、聞き覚えのある声が聞こえてくる。

「これは甲賀のお三方、先日は世話になりもうした」

弥九郎達三人へ笑みを向けてきたのは、件《くだん》の表右筆であった。また、手抜かりをしたのかと呆《あき》れたが、見れば表右筆の後ろに、まだ若い、切れ長の目の男が添っている。

どうやら今日、用があるのは、その若者だと分かり、三人は顔を見合わせる。表右筆は三人へ、連れを西之丸《にしのまる》小姓組、羽奈森恵吾《はなもりけいご》だと紹介してきた。

「西之丸小姓組とは……西之丸様の、警護をされておいでの方だと思いますが」

小姓という役職名が付いてはいるが、西之丸様のお世話係ではない。小姓組は、いざというときは戦闘をなす番方の一員、腕に覚えのある面々であった。西之丸様の側近くに仕え、警護を任された者なのだ。

（出世頭のお一人だよな。それが何で、忍びの末に用があるのか）

甲賀の三人は今まで、小姓組とも、西之丸様付とも縁など無かった。

すると恵吾は、ここでなぜだか、怖いような笑みを浮かべてきた。そして魂消《たまげ》るような用件を、甲賀の三人に告げたのだ。

「実はな、甲賀者三人へ、頼みたいことがある。高い所へ登り、降りてこられなくなった猫を、連れ戻して欲しいのだ」

「おや、本当に猫が現れた」

弥九郎は、思わず声を出してしまった。

確かに、木の上へ登ったはいいが、降りられなくなった猫を、たまに見る。しかし問題は、どうしてそんな用で、非番の忍びを三人も、わざわざ城内へ呼んだかという事だ。

（ううむ、これは書面集めより奇妙な話だ。馬鹿馬鹿しいゆえ、何とも怪しい）

不吉な心持ちになって、弥九郎達が黙り込むと、恵吾はまた笑みを浮かべた。

「実は上様の猫なのだ。怪我《けが》も病も困る。急ぎ、櫓の屋根から下ろしてくれ」

「はい？　猫は、櫓に登っているのでしょうか」

弥九郎は魂消た。今日三人は、富士見御宝蔵前に呼び出されていた。ということは、つまり、その櫓とは。

「この先に建っております、富士見櫓！」

将軍が時折訪れ、夏は花火見物をするという場所で、焼失した江戸城の天守の代わりと言われていた。勿論、甲賀忍びが、気楽に登って良い所ではない。見つかれば、猫を連れ戻しに登ったと話したところで、言い訳にもならず、処罰されるに違いなかった。

「その御用は……ご勘弁を」

ところが。甲賀の三人が頭を垂れると、恵吾は何故だと、明るい声で聞いてくる。

「甲賀の忍びらは、御殿の屋根には登ったではないか。どうして櫓へは登れないのだ？」

顔が引きつった。

（先日の件を、しっかり承知している）

表右筆自身が語ったに違いないが、己が罪に問われかねない話なのだ。奇妙な成り行きに、弥九郎は眉根を寄せる。

だが、考え込んでいる間は無かった。ふと気配がして顔を上げると、恵吾が触れそうな程近くから、こちらを見つめていた。弥九郎が思わず身を引いたところ、表右筆が傍らで、立ちすくんでいるのが見えた。

（これは……羽奈森様は、引かぬ構えだな）

こうなれば、仕方がない。どうにもならない。さっさと事を終えた方が、胃《い》の腑《ふ》に優しいと割り切って、弥九郎は十郎へ、問いを向けた。

「十郎、猫は櫓の、どこにいる？」

だが友は息を吐くと、一々秘伝の占いをするまでもないと言ってきた。

「富士見櫓は三重の櫓で、屋根は大きくない。上に猫がいるなら、登れば直ぐに居場所が分かる筈だ」

「それもそうか」

御宝蔵前から櫓までは、いかほどもない。弥九郎は下ろしてきますと言って、さっさと歩みだし……恵吾が目を見張った時には、地面に立っていなかった。四本の打鉤を周りの木々へ飛ばし、一気に高く上がる。そして、そのまま櫓まで飛んで移り、二層目まで登った。

富士見櫓の、小ぶりな窓の直ぐ前に、猫はうずくまっていた。毛足の長い白い猫で、怖がる様子もなく弥九郎を見てくる。

「おお、いた。ほら、おいで。下ろしてやるから」

だが、弥九郎は差し伸べた手を、猫を触る前に、ぴたりと止めた。思わぬ事が分かり、下唇を噛むことになった。

(何と、いる。誰かが、直ぐ近くにいる)

猫と弥九郎以外の者の気配が、富士見櫓にあったのだ。屋根の上に姿はないから、櫓の内にいるのだろう。多分座っている猫の、直ぐ上にある窓の内から、弥九郎のことを見ているのだ。

(これは……どう動くべきか)

猫を懐に押し込み、素早く地面へ戻るのは簡単だ。しかし窓内の者は、弥九郎の動きを見逃さないだろう。そして……今回の話が、この先どうなるのか、弥九郎にはさっぱり分からなかった。

(さて、どうする?)

しばし、猫を見つめ続けた。すると。

驚いたことに、窓の内から若々しい手が二本、外へ突き出されてきたのだ。猫を受け取る気だと分かり、弥九郎は腹を決めると、白猫を抱き上げその手に託した。

すると猫は直ぐに引っ込み、櫓の中で、みゃあと鳴いている。何人かの笑い声が聞こえ、忍びというものは、本当に櫓など、あっという間に登るのだなと、誰かの若い声が続いた。

その後、窓は閉められ、櫓内の気配が遠のいてゆく。もはや、やることもなく、一気に櫓から降りると、恵吾が、猫はどうしたと聞いてきた。

「猫は……窓の内におられた、若い方の腕へ託しもうした」

機嫌の良い声で鳴いていたから、あれで良かったのだろうと言うと、恵吾がわははと声を立てて笑う。表右筆は顔を白くし、十郎と蔵人が眉を引き上げた。だが、櫓にいたのが誰なのかは教えて貰えない。

すると恵吾は、ここで袖内から小さな袋を出し、猫を連れ戻した礼だと言って、弥九郎へ渡してきた。そして用は終わったとばかりに、表右筆を連れ、さっさと西之丸の方へと消えていったのだ。

「ほお、一応礼を下さるのか」

三人きりになると、十郎が、幾ら渡してきたのかと問うてくる。蔵人と、巾着《きんちゃく》の中を改めると、中には幾らかの金子と、小さな書き付けが一枚入っていた。

四

鉄砲百人組の組屋敷《くみやしき》は、千代田《ちよだ》の城の西側、田安門《たやすもん》からなら半時少々で行き着ける、内藤新《ないとうしん》宿《じゅく》あたりにあった。

組屋敷の敷地は広大だが、各屋敷は独特な形をしていた。どの屋敷も間口は狭く、奥行きが五十間近くもあって、鰻《うなぎ》の寝床のような形だったのだ。

「何で忍びというのは、屋敷の形からして妙なんだろうな。こんなに細長い屋敷は、なかなか見たことがない」

そろそろ明け六つになろうという刻限、弥九郎は薄明るい道から、己の屋敷の門を見て、首を傾《かし》げていた。

鉄砲百人組の勤めは、甲賀者が交代で行うが、月の内、何度かしかない。今日も勤めが無いので、弥九郎は、堅苦しい武家の格好はしていなかった。いや、手ぬぐいで頬被《ほおかむ》りをして、背中に負った荷を棒で担げば、町人で通る姿なのだ。

すると、近くの屋敷から現れてきた十郎と蔵人が、やはり気軽ななりで、苦笑を向けてくる。

「城中へ出仕をしている今だから、そう考えるのだ。子供の頃は、これが並の事だと思っていただろうに」

「まあな。十郎、世の中へ出た時、我らが余りに色々他と違うので、ひやりとしたよ」

それは己が忍びであることと、いささか似ていた。幼い頃は、古《いにしえ》よりの技の伝承に、疑問など持っていなかった。よってそういう歳《とし》の内に、親達は跡取りを、しっかり鍛えているのだ。

「だが城仕えを始めたら、魂消た。武家なのに、刀すらろくに扱えない者がいたんだから」

そう言うと弥九郎は、道の上でぽんと跳ね、駆け出す用意をした。甲賀者には、暇だけは多くある。ここ暫《しばら》く三人は、恵吾が寄越した書き付けを調べる為、組屋敷から千代田城近くまで、通っているのだ。

今日は登城日で、本丸登城口である門前の広場に、多くの大名行列が集まってくる。そこで武家から、お庭番の噂を拾うつもりだった。

「されば、我らも門前の下馬へ行こうか」

明け方の道を共に走り出すと、十郎がつぶやいてくる。

「大風が吹いたら、御殿の屋根に登り、書面を山と集める事になった。書面に関わったら、その縁が猫を呼んだ。猫を無事、櫓へ戻したら、書き付けが舞い込んだ」

礼だという書き付けには、思わぬ事が書かれていたのだ。

「お庭番が、吉乃殿との縁組みを突然断ったのは、家の為、そうするしかなかったからだと、あった」

蔵人がその言葉を聞き、走りながら顔を顰めている。

「その訳は何か。そうとも書かれてましたね」

ただ文はそこで終わり、破談の事情は記していなかった。その短い文が本当の事なのか、どうして甲賀の三人へ、そんなものを寄越したのかは分からない。

あの日以降、恵吾は何も伝えてこない。西之丸の小姓組は、あの文以上のことを、教える気はないのだろう。

「ならば我らが己で、お庭番について調べるしかない」

東へ向かうとじき、武家地に差し掛かったので、弥九郎はひょいと塀へ飛び上がり、足音も立てず、細い塀の上を駆けた。昨晩は、手にした書き付けのことを色々考えてしまい、忍びとしての鍛錬が出来なかったから、朝、己を鍛えつつ走る事にしたのだ。打鉤を夜明け前の武家屋敷に引っかけ、一旦屋根へと飛び、また塀へ戻ってみる。すると十郎や蔵人も、屋敷の屋根や塀を、楽しむように駆け出した。

更に、十郎の落ち着いた声も聞こえてくる。

「小姓殿の書き付けを信じるなら、吉乃殿の縁談相手、中村《なかむら》家は、最近問題を抱えたんじゃないか？　お役をしくじったとか、誰かに弱みでも握られたとか」

家の一大事になったので、婚礼どころではなくなったのかも知れない。蔵人は頷いてから、続けた。

「もしくは、弱みを握られた相手方から、甲賀とは、縁組みするなと命じられたとか。しかし、そんなことを言われる訳は、思い浮かびませんが」

蔵人は塀から飛んで、庭に見えた大きな木へ飛び移る。そこから更に、他家の屋根へ飛ぶ様を見て、弥九郎は息を吐いた。

（もったいないことだ。あの蔵人の技が、今の太平の世では役に立たないのだから）

もう一人の友、十郎が一番得意とするのは、忍び秘伝の曲玉占いだ。だが友は他の術も、きちんと身につけている。そういう技が、今の世で役に立つとしたら、唯一、遠国御用で、諸大名の話など集める時かと思う。だが。

（八代様吉宗公は、江戸育ちではなかった。紀州の藩主から将軍になられたので、他の将軍へ仕えていた、忍びを信用しなかったと噂を聞いた）

それゆえ、己が紀州から連れてきた者を、お庭番として使ったわけだ。伊賀者、甲賀者はいつしか、忍びの役目から、はじき出されてしまった。

太平の世、勤めをするだけの技量が、忍び達から失せていたからと言われたらしい。

（そんなことは無かったのに。悔しい、情けない、腹が立つ、諦めきれない）

今、鉄砲百人組は広大な組屋敷で、傘張りや春慶塗の内職などをして、上がらない禄を補っている。弥九郎は、内職を厭《いと》うてはいなかったが、それと忍びの本分を求めるのは別の話だ。だからか余計、吉乃とお庭番の家の、破談が気に障《さわ》っている。弥九郎達は今、お庭番が抱えているかも知れない謎を、突き止める気でいるのだ。

しかし十郎の低い声が、釘《くぎ》を刺してくる。

「あの恵吾殿が寄越した書き付けを、ただ信用するのはまずいぞ。分かっているな、弥九郎」

弥九郎は頷くと、四本の打鉤を同時に放ち、一際高く、遠くへと飛んだ。

（猫を連れ戻しに行った、あの時。富士見櫓の内に、人が居ると言わなかった小姓殿は、胡散《うさん》臭《くさ》いさ）

あの猫は多分、窓からわざと出し、屋根へ置かれたのだ。そして弥九郎達忍びがいかに動くか、眺めていたのだと思う。

（小姓組は、何を知りたかったのかね。まぁ、こちらを信用し、助力を求めてきた態度ではな

かった）

　お庭番の抱える事情を承知したら、次に小姓組の真意も、調べ出したい。

（我ら甲賀者には、その力がある）

　その内、恐ろしく大きい江戸城内堀近くへ行き着くと、弥九郎達は何食わぬ顔で、道を静かに歩み、大手御門へと向かった。蔵人が明けた空の下、西を指す。

「見えてきました。早、多くの大名達が、下馬に集ってます」

　登城の日、大名達は家臣団を連れ、まずは江戸城の各門へ集まる。そして、一部の家臣だけを連れ、城の奥へと入るのだ。

　よって下馬の地は、残された多くの家臣達で混み合う。そして下馬では身分、立場の高い大名の供以外、供待の建物には入れなかった。

「だから、ほとんどの大名の供は、下馬所に下座敷《げざしき》でも敷いて、外で待つしかありません」

　蔵人が、雨が降っていなくて幸いだと言ったが、弥九郎も本心そう思う。そもそも大名達は、若年寄より先に登城しなくてはならないから、殿に付き従う供は、早朝から大変なのだ。

「早くから起き、まずは城まで、お供をしてくるんだ。その後、朝の五つ時くらいから、昼も大分過ぎた八つ時まで、城の外の下馬で、ただ殿を待つことになる」

　することもないのに、その場から動けないという立場は、妙に辛《つら》いものだ。だが、そういう下馬だからこそ、弥九郎達には、ありがたい場となっていた。

　何しろ数多《あまた》の侍達と、彼らを目当てに物を売りに来た商人達が入り乱れている場なのだ。その上、江戸では毎年、大勢の侍が、参勤交代時に入れ替わっていく。つまり下馬で相手を知らなくとも、並の事であった。そして暇を持て余し、腹が空き、酒でも飲みたくなれば、武家とて担ぎ商い達と、親しく話すこともある。昼間から飲めば気も、口も緩《ゆる》むのだ。

弥九郎達は大手御門前、大下馬へ着くと、近くでさっと頬被りをした。そして、背の荷を棒に吊《つる》して振り売りと化し、下馬へと入ってゆく。

(お庭番達が、日頃付き合いの無い町人に、己を晒《さら》すことはあるまい。口の端に上りにくい者達だが、知る誰かがいるとしたら、武家だ)

三人は目配せの後、大勢の武家の中へ紛れて散った。

五

大きな笹《ささ》の葉を器のように折り曲げ、中に細長く切った香《こう》の物《もの》を詰めた品を、弥九郎は売り歩いた。すると、酒や握り飯に合うからと、大下馬でよく売れた。

「お武家さん、香の物は、茄子《なす》と牛蒡《ごぼう》と大根だ。酒のつまみに、いいよう」

弥九郎は金をやりとりする時、香の物を買った武家達へ、気さくに声を掛けていった。お庭番についての話を、拾うつもりであった。

(もちろん、直ぐ、目当ての話が聞ける事はないだろう)

それでも粘り強く、多くの武家に話しかけてゆけば、じきに酒に酔った、口の軽い者も現れてくるかも知れない。

（お庭番の話は、摑《つか》みづらい筈だ。慎重に、気長にやらねば）

　話が好きそうな二人に出会った時、弥九郎は酒売りから一杯買って、味見だと言い、己の香の物を周りの客達へ振る舞った。すると武家達の機嫌が、ぐっと良くなる。

「これは嬉しいことだ。良いのか？」

「いえ、自分もちょいと一杯やって、一休みしたかったんですよう」

　すると、側で呑《の》んでいた武家達も、話の輪に加わってくる。大下馬でただ待つのも、草臥《くたび》れるものなのだ。皆でしゃがみつつ、色々な話が語られることになった。

　最初は流行の扇子の柄や、帰国する時手頃に買える、染め直しの反物の話が出た。弥九郎がもう一杯酒を頼む頃には、話は段々と、余所《よそ》では聞けないものへと移っていった。じき、白髪交じりの武家がそっと話した。

「あのな、先の奥右筆様のご息女が、縁組みをお決めになったそうだ。若年寄様の縁者が、お相手と聞き申した」

「ご息女！　綺麗《きれい》なお方か？」

「さあ。大物同士の縁を取り持ったのは、表坊主の寛真《かんじん》様だそうだが」

　その、〝さあ〟の言い方が、誠に的確と言おうか、言外の言葉を含んでいた。すると、詳しく容姿が語られた訳でもないのに、目配せが交わされ、ご息女の話が途切れる。

　直ぐに他の侍が、別の話を語り出した。

「先に西之丸様が、鷹狩《たかが》りに向かわれたそうだ。その時、西之丸様付の小姓方が、山鯨《やまくじら》を仕留めたと聞いた」

自分の妻の、姉の、従姉妹《いとこ》の嫁ぎ先の者が、小姓の叔父に嫁いでおり、確かだという。

「今の小姓方は、腕の立つお方ばかりなんだそうだ。そりゃ、跡取りの君付きだからな」

途端、西之丸様の評判は素晴らしいと、多くの武家が口元に笑みを浮かべる。

「公方《くぼう》様は、何人かのお子を亡《な》くされている。残ったのは、跡取りの西之丸様お一人。それは大事にされているという話だ」

「うんうん、立派な供が揃ってるのは、そんな西之丸様だからだろう」

武家達も酒売りの親父も納得したが、ご立派な話は長続きしない。すると弥九郎は今だと、自分で作った〝よみうり〟を見せ、多くが食いついてくる話を振った。

「あの、このよみうりに書いてあったんですよ。ある百人隊士のご息女が、天女のように綺麗なんだそうで。本当ですかね？」

途端、誰だ、何という名だと、話が盛り上がる。吉乃が麗しいのは本当だから、上手く噂が繋《つな》がって、縁談相手であるお庭番の話が出てくるのを、弥九郎はじっと待った。

すると輪の外から、話を聞きかじった他国の武家が、首を突っ込んでくる。

「あ、それがしは聞いたことがあるぞ。大手三之門《さんのもん》を守る御仁《ごじん》の娘御《むすめご》は、目が覚めるほどの器量好しだそうだ」

「ほお、大手三之門というと、鉄砲隊かな。一度娘御の姿を、目にしたいものだ」

「そんな佳人なら、もう縁づいているのではないかな」

お庭番の話にならないので、弥九郎はもう一押し、天女の縁談話を流すべきか迷った。まだ噂話はろくに拾えず、友二人へ告げるべきものがない。

（お庭番の話は、本当に噂が少ないな。そもそも家の数からして多くない。しかもお役目上、噂に上るようなことはしないゆえ）

今回は縁談が絡んでいるから、本当は江戸城内の表坊主と話が出来れば、お庭番の話も聞けるのではと思う。表坊主は、城中で様々な武家と顔見知りになるので、先ほども耳にしたように、多くの縁談の仲立ちをしていた。人と人との結びつきに詳しいのだ。

だが。

（そんな立場だから、付け届けが諸方から、山と届いているという。我ら甲賀者の禄では、とても礼金がまかなえぬ）

渋い額で頼み事をすれば、表坊主は遠慮などせず、こちらが何を聞きたがったか、余所へ伝えてしまうだろう。

（うーむ、今日、お庭番の噂を拾うのは無理か）

唇を引き結んだ時、酔っている武家の側で、ふと、気になることがあった。弥九郎が持ってきたよみうりが、見せた筈の武家から、いつの間にか近くの酒売りの親父へ、渡っていたのだ。

（おや、いつの間に）

何かが気に掛かって、酒売りからよみうりを取り戻そうと、弥九郎はさりげなく手を伸ばした。ところが、まるで吹いてもいない風に押されたかのように、酒売りがわずかに身を引き、手が届かない。

(何と、こやつは忍びから、物を避けた)

改めて目を向け、やがて小さく頷く。

(この酒売りの親父、ただの町人ではないようだ)

目の前にいたのに、今まで気がつかなかった。酒売りを、ろくに見ずにいた己に、呆れてくる。

しかし弥九郎は、無理によみうりを取り戻そうとはしなかった。ただ素早く指で印を結んだ後、酒売りに見えるように、懐へ手を入れた。弥九郎の動きに引っ張られ、酒売りがこちらを見つめて来たとき、その後ろから伸びた手が、よみうりを取り戻していた。

弥九郎がにっと笑う。

(十郎は、何事もそつがない)

すると酒売りにも仲間がいたのか、十郎の後ろから、近寄ってくる者がいた。再び指を組み、急ぎ場を離れろと伝えると、十郎が静かに動く。

(あやつら、誰だ？　あの動き、忍びではないと思うが)

しかし忍びを一時、欺ける者となると、多くはない。

(まさか、目の前の酒売り、お庭番か？　どうして下馬にいるのだ？)

訳など思いつかなかった。

（お庭番らには、諸国へ内実を探りにゆく役目がある。なのになぜ、わざわざ下馬に現れるんだ？　藩士達に顔を見られ、覚えられてしまったらまずいだろうに）

十郎の姿が消えたので、目の前の酒売りがこちらを見てきたが、弥九郎も場を離れる事にする。

荷が売り切れたと言い立ち上がると、背に、幾つかの眼差《まなざ》しが向けられてくる。振り返らず、歩み出した。


大手御門前の大下馬から東へ歩み、常盤橋《ときわばし》御門、一石橋《いちこくばし》へと進めば、日本橋《にほんばし》が目と鼻の先に見えてくる。その頃には、十郎や蔵人が傍らに現れ、賑《にぎ》わう町人の町を共に歩んだ。何もなせなかったという思いに、溜息を吐いていると、腹が鳴る。家人も起きていない朝、屋敷を出てきたから、朝餉《あさげ》を食べていなかった。わずかに口にした香の物では、腹は膨れてくれはしない。

「下馬でのことを話したいから、どこか、店へ入るか」

友二人も頷いたものの、食べる場所には悩む。二階などに、ゆっくり出来る部屋がある店は高くつく。三十俵二人扶持《ぶち》の禄では、贅沢《ぜいたく》は出来なかった。

「今日は町人姿だから、一膳飯屋でも入れますよ。昼餉は安く済ませ、その後、道ばたの茶屋などで話しますか？」

蔵人から問われたので、一つ首を傾げ、不意に後ろを向いた。やはりというか、先ほどの酒売り達が、つかず離れず付いてきていたので、弥九郎は口の端を引き上げる。

素早く酒売りへ寄り、一膳飯屋で昼餉はいかにと問うてみた。

「先ほどの下馬では、分からない事があった。よって、互いに事情を語り合おうと思うのだが、どうかな？」

すると、立ち尽くした酒売りの後ろから返答があって、驚くことになる。

「話があるなら聞くが、一膳飯屋は勘弁してくれ。その先に、落ち着ける所がある。そこに決めぬか」

勝手を言うのだから、こちらが昼餉代を持つという。すると蔵人が、何時《いつ》になく険のある顔つきになって、男の名を呼んだ。

「これは、中村家の定之助《さだのすけ》殿ではありませんか。あなたが堂々と、甲賀者の前へ姿を見せてくるとは、思いませんでした」

特に吉乃との縁談を、突然断ったばかりの、今は。縁ができるはずであった蔵人から睨《にら》み付《つ》けられ、お庭番の定之助が溜息を漏らした。すると件の酒売りや、別の男がもう二人、側へ寄って来る。

「そう言われると思ったから、それがしは離れた所から、御身達の顔を確かめるだけにしていたのだが」

ああもあっさり不審がられ、弥九郎達三人が下馬を離れてしまうとは、思っていなかったらしい。ここで、蔵人との間に十郎が入り、この後の事を決めた。

「蔵人、せっかく昼餉をご馳走《ちそう》下さるというのだ。その店へ行こう」

「十郎殿、こいつらと、膳を囲む気ですか？」

蔵人が気色ばんだので、弥九郎が口を挟む。

「またとない機会ではないか。蔵人、定之助殿がいるのだ。聞けばいい」

自分達の方から、熱心に求めてきた縁談を、どうして急に断ってきたのか。ご縁が無かったなどという、はっきりしない言い訳しか聞いていないから、甲賀者は皆、お庭番は勝手だと、腹に据えかねているのだ。

「だが本当は、何か訳があるに違いない。当人からそれを聞けるなら、料理屋へでもどこへでも行くさ。そうだろう？」

まさか、正面からそういうことを、言ってくるとは思わなかったのか、定之助が一寸怯《ひる》む。するとそれを見た蔵人が、大きく頷いたのだ。

定之助が天を仰ぎ、酒売り姿のお庭番が、その肩をぽんと叩《たた》いた。

六

驚いたことに七人が向かった先は、料理屋ではなく、ある呉服屋であった。

酒売りが店脇へ手代を呼び、何やら話した後、全員が奥へと通される。奥の部屋は、趣などとは縁が無かったが、膳を運び入れた後は人も来ず、話をするのに向いていた。

「ここは……お役目上、縁のある店なのか？」

興味を覚え、弥九郎は問うてみたが、さてと言われたきり教えてはもらえない。

だが、お庭番に余裕があったのはここまでだった。蔵人が定之助へ目を向けると、部屋内にはぴんと、糸を張ったように緊張が走る。蔵人は膳に手も付けず、いきなり吉乃の名を出した。

「定之助殿、破談になったのは、姉、吉乃のせいではありません。今回の縁談を決めたのは父で、姉はあなたと、話したこともなかったはずですから」

しかしだ。

「姉は破談が決まった後、畳《たたみ》に手を突いて、両親に頭を下げていました」

「えっ？」

いきなりそんな話が出て、驚いたのだろう。四人のお庭番は顔を見合わせている。特に狼狽《うろた》えた様子の定之助を見てから、蔵人は眉間に皺を刻んだ。

「我らの組屋敷だけでなく、姉の名を知っている御仁達の間では、今もまだ、破談の噂は続いているんですよ」

吉乃は器量ゆえに目立ち、自分が知らない相手にまで、名を知られていた。それゆえ破談で、迷惑が掛かったに違いないと、親へ頭を下げたのだ。

「それは……申し訳ないことをした」

定之助がつぶやいたが、今回の事は親が悪いと、蔵人は言い切る。

「姉には、数多縁談が来ております。もったいないようなお相手からも、話はありました」

なのに、よりにもよって、縁が無かったと勝手を言い、いきなり破談を伝えてくるような相手を、親は選んでしまったのだ。

「不運だった、では済みません。父上の失態だと思っております」

吉乃は次の縁を決めるのに、噂が収まるのを、しばし待たねばなるまい。娘盛りは短いものなのに、姉が哀れだと言ってから、蔵人は黙ってしまった。

破談は破談だ。一旦壊れたら、どちらの家にも体面があるから、二度と元には戻らない。それが分かっているから、蔵人は続く言葉を見つけられないでいるのだ。

友が黙っているので、弥九郎はここで、さっさと聞くことにした。

「定之助殿、破談の訳は何ですか？」

「えっ？」

「少なくとも定之助殿は、縁談を申し込んで来た時は、吉乃殿を好いておいでだった筈です。どうしても吉乃殿を嫁にしたいと、それは熱心だったと聞いてます」

一方土山家では吉乃の器量ゆえ、早めに立場が上の相手へ、嫁がせると決めていたらしい。同輩へ嫁したのでは、嫁いでからも騒動の元になりかねないと、親御は心配していたのだ。

「惚《ほ》れていた相手だ。どうして急に、手のひらを返したのですか？」

元々両家の禄には大分差があり、つり合いは悪かったが、吉乃は一旦、お庭番の家へ養女に行ってから、嫁ぐ算段になっていた。だから、甲賀の身分が気になった訳ではなかろう。そうなら端から縁談など、申し込まなかった筈だ。

すると、定之助も黙ってしまったものだから、部屋内が静まる。どうしたものかと、弥九郎が考え込んだところ、十郎が、こんな場でも落ち着いた声で、恐ろしく言いにくいことを口にした。

「定之助殿、他におなごでも出来ましたか」

よくある事だと言うと、そんなことはしていないと、ようよう口を開いてきた。そして、大きく息を吐いた後、定之助は何故だか、十郎、弥九郎、蔵人へ、順に目を向けてきたのだ。

そして、奇妙なことを言い出した。

「それがしが親へ、吉乃殿を嫁に欲しいと願ったとき、最初、反対された」

中村家の禄は旗本並みであったが、土山家は三十俵二人扶持だったからだ。ならば親戚の養女にしてからと、話を持って行き、何度もあちこちへ頭を下げてから、何とか縁談を進める事が出来たという。

「おや、縁を得るのに、そういう苦労をしておいでだったか」

ならば、どうして破談にしたのだと、十郎が驚いている。定之助が眉間に皺を寄せた。

「吉乃殿との縁が定まった、後のことだ。甲賀一門の心配な噂が、伝わってきたのだ」

「甲賀の噂？」

意外な話が飛び出てきて、弥九郎達は顔を見合わせる。内職で、足りない金を補っている甲賀が、噂になる事に驚いた。一門のことで世間が口にするのは、吉乃の麗しさ位と思っていたのだ。

ここで酒売りの親父に化けていた男が、和田七郎兵衛《わだしちろべえ》と名乗り、話を継いでくる。

「うちの身内も話を伝え聞き、中村家と話をしに行った筈だ。何しろ、少々剣呑《けんのん》な噂であった」

「剣呑な噂？」

「忍びは、今の立場に、不満を抱えていると聞いた。それゆえ、何か事を起こそうとしていると」

「は？　何をすると言うのだ」

「お庭番はお役目で、様々な事を探り出す。甲賀の噂を聞いた時、我らは忍びの末達を、調べさせてもらった」

すると伊賀、甲賀は、昔よりの技を失っていないことを知り、驚いた。つまり噂の恐ろしさを、真剣に感じたのだ。

「この太平の世だ。本当に戦が起きるとしたら、それは戦国のような、何万の兵と兵が、ぶつかり合うものにはなるまい」

もっと密《ひそ》やかで、人目には付かないが、危うい戦いになるはずであった。忍びは、刀や弓矢、鉄砲だけでなく、忍具や薬まで扱う。以前はお庭番達のように、様々な事も調べ上げ、主へ告げていた筈であった。

　ここで定之助が、溜息を漏らす。

「要するに、甲賀について知ったお庭番の当主達は、恐れたんだ」

「恐れる？　我らの技を、か？」

「違う。吉乃殿を嫁に貰うことで、甲賀とお庭番が、結託したと思われることを、恐れたんだ」

　万に一つ、本当に忍び達が裏で動き出した場合、吉乃が嫁に来ていれば、お庭番までもが、忍びの仲間だと思われるに違いない。そう言い出した者がいた。

「嫁一人のことで、お家の大事になってはたまらぬ。定之助の嫁は、別から貰う事に決まった」

　親戚が、もう養女には貰えないと言ったので、定之助は動きが取れなくなった。そして親が、さっさと破談にしてしまったのだ。

「お主達の悪い噂に、証《あかし》があった訳ではない。だから破談の訳が、縁が無かったという、今更なものになってしまった」

　そのせいで吉乃が親御へ、頭を下げたのなら申し訳ないと、今度は吉川孫一《よしかわまごいち》が謝ってくる。十郎が呆れた声で、今日、大下馬にお庭番達が現れた訳が、分かったと言い出した。

「我らが町人の格好で、下馬へ現れたからだ。忍びの無謀が本当なのか、お庭番達は、急ぎ探りに来たのだろう」

だが甲賀の三人は、お庭番が縁談を放り出した訳を探るべく、噂が多く聞ける、大下馬へ行ったのだ。お庭番の和田七郎兵衛と野尻文左衛門《のじりぶんざえもん》が、顔を見合わせる。

「お互い、相手の動きを探っていた訳か。やれやれ」

これではまるで誰かに、鼻面を取って引き回されているみたいだと、孫一が顔を顰めた。蔵人が、口を開く。

「忍びの怪しい噂ですが、お庭番方、どこから耳にしたのですか？」

吉乃に、少しでも悪いと思っているのなら、正直な話をして欲しい。弥九郎が横からそう言うと、寸の間躊躇《ためら》っていたが……定之助が口を開く。

「それが、はっきりせぬのだ」

これは本当なのだと言う。

「破談の元になった噂だ。親へも問うたし、親戚達にも聞いて回ったのだが」

話を教えてくれた者も、噂を聞いただけだと言い、不思議な程、元を辿れなかったという。ただ時期は、定之助と吉乃との縁談が、調《ととの》った後の事だった。だからお庭番の誰かが、縁続きとなる忍びへ、不信の目を向けたのかも知れないという。

「衰えているのは……実は忍びではなく、並の武家の武術、戦術の方だ。真剣で戦った事すら無い者が、山といる。もし、今忍びが悪《あ》しき考えを持ったら、我らでも防ぎきれないかも知れない」

怯《おび》えがいつの間にか、噂を作ってしまったのではと、定之助が言う。

「そういう事情だと、話は大本へ辿りにくい。言い出した者は、隠すだろうから」

「そうだな」

十郎の声は、こんな時にも揺るがない。

「ただ、奇妙にも思える考えだ。正直に言おう。我ら甲賀でも、忍びの技を丸ごと伝えているのは、上忍《じょうにん》の家の者達くらいだ」

求められず、評価も受けず、金にもならない。そんな技は嫌でも忘れられてゆく。横で蔵人が綺麗な顔を、険しいものにした。

「変だ、奇妙だ。誰が、何を恐れているのでしょう。忍びを気にし、こうしてお庭番まで巻き込んだ訳は、何なんだ?」

すると弥九郎はふと、ここ最近不思議に思ったことが、幾つかあったと思い出した。

それで疑問があったことを教え、内々の話に詳しい、お庭番も考えてくれと、言ってみる。

(この機会だ。聞いてみるか)

途端、孫一が驚いた。

「おい、破談の相手へ、その考えを問うのか。お主……いいのか?」

「謎が、謎のままでいるよりは良かろう。一つ目は、風に吹かれた書面だ。なぜか甲賀者が表右筆殿に呼ばれ、本丸御殿の屋根に散らばった物を集めることになった」

甲賀忍びが技を今も伝えていると、表右筆はどうして承知していたのだろうか。表右筆の名を伝え、切れ者なのかとお庭番へ問うと、否《いな》と即答が返り十郎が苦笑を浮かべる。

「次に、西之丸の小姓組が、富士見櫓で猫を捕まえろと、我らに言ってきた」

「ね、猫？」

驚く定之助へ、羽奈森恵吾の名を出すと、若いが、こちらは出来る男だと返してくる。

「あの西之丸小姓殿が、甲賀と縁を作ったのか。何故、小姓組が甲賀と関わるのだ？」

甲賀も訳が分からないと返し、更に、富士見櫓での謎を口にする。

「櫓で猫を受け取ったのは、誰なのか」

そもそも誰が、真っ昼間から富士見櫓へ上れるというのか。破談の元になった噂を、誰が流したのかという話と合わせ、分からない事は、四つだ。

いや、もう一つあった気がしたが、何故だか頭に浮かんで来なかった。

「とにかく、謎が多すぎる」

謎には、甲賀の末が絡んでおり、その甲賀に、お庭番達が関わっている訳だ。

すると定之助が、甲賀は占術を行うだろうと言ってきた。

「術で、何か分からぬのか？」

「おや、目の前で占術を見てみたいのか？　構わぬが、そこまで便利なものでもない」

十郎があっさり曲玉を取り出し、はっきりした問いがないと、答えも出にくいと言いつつ、指でぶら下げる。すると。

「うっ……」

珍しくもうめき声と共に、十郎が顔を顰めた。印も結ばない内に、馴染みのある曲玉が、振れ始めたのだ。

「これは……何か大きな事が起きるな。それは確かだ」

弥九郎が何度見ても、十郎の手は止まっている。なのに曲玉は大きく、はっきり揺れていた。弥九郎自身も占うが、こういう曲玉の様子を、見た事はない。

「甲賀とお庭番方が出会ったからか？　さて、吉なのか、不吉な事なのか」

「不吉な知らせに、お庭番を関わらせるではないっ。我らは関係ないわ」

甲賀とお庭番が、どことも知れない町家の一間で睨み合う。弥九郎は首を振った。

「曲玉が教えてきた知らせと、お庭番が無縁なら、結構なことだ」

ならば、この後何が起きようと、甲賀のせいにはするな。そう釘を刺したところ、孫一がうめくような声を漏らしてくる。甲賀の三人は、顔を見合わせた。

「とにかく、何かが待ち受けているのなら、起きるまで待っていることなど出来ぬ。問う前に曲玉が告げてきた事とは何か、調べなくては」

それが分からないと、手の打ちようがないからだ。銘々の前に出されていた膳で、手を付けられない料理が冷えていった。

七

江戸城内の紅葉山《もみじやま》には、深い木々の中に、歴代将軍の霊廟《れいびょう》や宝物蔵がある。将軍家嫡子の御殿、西之丸の裏門は、その荘厳な場所と接する一角にあった。

勿論、武家達が気楽に寄るような所ではなく、羽奈森恵吾が裏門へ差し掛かったのも、所用ゆえだ。木々と、ひたすら続く塀ばかりで、辺りには人の姿もなかった。

よってお庭番、野尻文左衛門が突然、姿を見せた時、恵吾は片眉を引き上げた。

「これは、珍しい者と出会ったな。お主、いつぞや本丸の庭で、公方様の傍らにいた者であろう」

名も知れぬ者で、堂々と将軍に近づける者は少ない。

「お庭番か。何用だ？」

「はい。突然参上いたしまして、申し訳ございません。ですが羽奈森様へ、お聞きせねばならないことが出来まして」

「ほお、お庭番が、西之丸様付小姓の名を知るか。して、問いとは何だ？」

余裕のある顔をしつつ、恵吾は素早く辺りへ目を配っている。だが、それで簡単に見つかるようなら、忍びではない。

しかし弥九郎達はここで、わざと姿を現すと、にこやかな顔を、驚く恵吾へ向けた。

「お久しぶりでございます。先日ご挨拶《あいさつ》をした甲賀者ですが、覚えておいででしょうか」

近くの屋根から、いきなり背後へ降り立ったからか、恵吾の顔が引きつっている。構わず挨拶を終え、十郎達と、四人のお庭番を紹介すると、恵吾から驚いたと言われた。

「最近、甲賀とお庭番の縁談が、破談になったと聞いている。なのにお主達、同道しているのか」

すると蔵人が前へ進み出て、口を開いた。

「小姓組の恵吾殿へ、お聞き申します。そのような内々の話を、ご存じとは。お前様は姉、吉乃の破談に、関わっておいでなのでしょうか？」

恵吾は片眉を引き上げると、他家の縁談に関わる事はないと、落ち着いた声で言ってきた。

「ただ甲賀に、天女のような器量の、娘御がいるとの噂は聞いていた。私もまだ嫁取り前。美人が気になり、話を承知しているだけだ」

ここで弥九郎が蔵人と代わり、次の問いを向けた。書面集めを依頼してきた表右筆を、恵吾は知っていた。だが表右筆が、どうして忍びが今も技を使えると承知していたのか。

「ご承知でしょうか？」

恵吾が答えないので、弥九郎は、皆から出た考えを口にしてみた。

「実はあれは、逆さまだったのではと、我らは考えたのです」

「逆さま？」

つまり表右筆が甲賀に関わり、それが小姓組へ伝わったのではない。小姓組が、甲賀者と関わるため、まずは表右筆を動かし、忍びの行いを試したのではないか。

「我らはそういう考えに、至ったのです」

西之丸御殿の裏門からは、紅葉山と、長く続く塀と、人のいない道しか見えない。そこで今、恵吾と甲賀者、お庭番達は、互いへきつい眼差しを向けていた。

「どちらが声を掛けるのが先か。そんなことが、どうして気になるのだ。私をここへ留《とど》め、聞くようなことか？」

恵吾は軽くかわし、そろそろと門の向こうへ引こうとした。しかし蔵人が門の前を塞ぎ、十郎が急ぎ話を続ける。

「なぜ、誰が、甲賀の内々のことを、知りたがっているのか。その答えは、甲賀の破談が示しておりました」

甲賀は忍びとして、今もまだ使える。そんな者が、お庭番と繋がっては心配だ。その考えが、縁談を潰したのだ。

「ではなぜ甲賀が、戦える者であったらまずいのか」

この答えは、なかなか出なかった。正直に言えば、今の太平の世、忍びの末達が技に優れていようが、いまいが、役立つ事などなさそうなのだ。

ところが……弥九郎が、思い出したことがあった。

「恵吾殿に言われ、それがしは富士見櫓へ登り、猫を下ろそうとしました。その時、櫓の中から、若い手が出てきております」

昼間から富士見櫓へ登り、勤めをするのではなく、猫を抱ける者は誰か。甲賀とお庭番は、そういう名を二人しか思いつかなかった。

「公方様と西之丸様。そのお二人のみです」

そして白い猫を抱いた手は、若々しかった。

「櫓へ来られていたのは、西之丸様でしょう」

そう考えると、西之丸様付の小姓組、恵吾が、猫のことを頼んできたのも頷ける。

「我らの術を、その目で見たかったから、でしょうか」

それではなぜ西之丸様が、甲賀の力をはかったのか。こちらは答えが出なかった。

それで弥九郎達は、思い切った手に出てみたのだ。

「我ら忍びには、首飾曲玉秘伝、占術が伝わっております」

当たることは知っているが、手妻《てづま》のように、何でも思うとおり分かる技ではない。ただ、当たりは〝当〟外れは〝外〟と決め、二択の答えを問うと当たりやすかった。そして、ここにいる十郎は、甲賀の内でも占いの技で知られている程、曲玉との相性が良い。それでと言い、弥九郎の目が、門近くに立ち尽くす恵吾を射るほどに見つめた。

「様々な質問を出し、十郎に、なぜ甲賀の力がはかられるのか、答えを出して貰いました」

昨日の問いと、その時の答えを、弥九郎は口にしていく。

国と国との戦を起こす気で、忍びの末を利用しようと、力を見ているのか……外れ。

実は、殺しなどが起きており、罪人が甲賀者ではないかと、疑われている……外れ。

知らぬ所で、忍びの技らしきものを使い、盗みが行われた……外れ。

思いつくことを、端から占っていったが、曲玉は常に外の字の方へ振れ、当たりが出てこない。その内十郎が疲れ、蔵人や弥九郎までが占ったが、やはり外ばかりが出る。二人も早々に術を行えなくなり、答えが見つからなかったのだ。

「曲玉の占いとやらは、そこな十郎殿以外でも、やれるものなのか？」

不意に恵吾から問われたので、正直に答えた。

「上忍の末であれば多くはこなします。けれど、技には得手不得手はありますので」

曲玉占いは、やはり十郎に頼りたい技なのだ。

「ほお」

そして。弥九郎は一寸言いよどんでから、恵吾を見た。

「何度占っても、甲賀の力を試された訳が、見つかりませんでした。それでは仕方が無い、正面から事情を、猫を探させた恵吾殿へ聞いてみようと、ここへ参上したのです」

小姓組の恵吾が、いつ、どこへ向かうかは、お庭番が……というより、吉乃との縁談が流れた定之助が、調べてくれた。

「何故今、甲賀が調べられ、不穏な噂に包まれたのですか？」

重ねて問うたが、それでも恵吾は答えない。そしてじき、恵吾は事を終わらせてきた。

「我らは、そんな事など知らぬ。甲賀には猫を下ろしてくれと、頼んだだけだ」

猫を受け取った手が、西之丸様だというのも、弥九郎の思い込みだという。そしてそれを否定する証は、甲賀にもお庭番にもなかった。

「そろそろ戻る。門の前をあけてくれ」

言われた蔵人が、歯を食いしばる。しかし今ならば、この場で足止めされたことは忘れると言われ、不承不承、門の前から退いた。

無茶を承知で、小姓殿へ問うたのに、見事に無駄となってしまった。

すると、その時だ。弥九郎の一言が、歩み出した恵吾の足を止めた。

「恵吾殿。実は昨日皆と離れ、屋敷へ戻った後、それがしは曲玉占いを己一人で、またやってみたのです」

既に山と占いをして、全て跳ね返され、答えを得られていなかった。ただ。

「余りに大事なので、皆の前で占うことが出来なかった問いが、一つありました。それを、一人になってから、占ってみたのです」

答えは……当であった。

「は？　弥九郎、どんな問いを占ったのだ？」

話していなかったから、十郎と蔵人も、目を見張っている。

「正直に言うが、話さなかったのではない。口に出す事も躊躇われたんでな、今の今まで、話せなかったのだ」

そんな危うい占いを話す前に、恵吾に問い、返事を得られたらと、弥九郎は期待していた。

すると、恵吾が怖い顔で言ってくる。

「答えろ。忍びの技は、どんな問いに、〝当〟と答えを出したのだ？」

弥九郎は両の手を握りしめ、しばし間を置いてから、やっと、絞り出すように言った。

「西之丸様を、亡き者にしようとする企《たくら》みがある。その問いの答えが、〝当〟でした」

その結果を知った途端、今更甲賀の者達に、目が向けられた訳が分かった。横で蔵人が、呆《ぼう》然《ぜん》とした顔でつぶやく。

「大きな戦ではなく、暗殺や果たし合いなら、忍びは強い。我らは薬まで扱うから……」

そして、そんな数多の技を使う者達が、お庭番達のような、内々の話まで摑んでしまう面々と、組んだとしたら。

「大きな力となりそうだ」

お命を狙う側にとっても、守りに入る側にとっても、その繋がりは、酷く気になるに違いない。定之助が、手を握りしめている。

「だから、お庭番と吉乃殿との縁談が阻まれたのか。双方を繋ぐから」

幾つもの声が、静かな紅葉山近くでつぶやかれる。定之助が、口を歪《ゆが》めてから言った。

「忍び達は、今も強い。いつも大人しく番所勤めなどしてはいるが、いざとなったら並の武家達では、戦えぬ程強い」

よくぞそういう話が、今まで表に出ていなかったと、定之助が言う。十郎が、お庭番の話とて、ほとんど知られていないというと、互いに苦笑を浮かべる事になった。

忍び達は調べられていたのだ。疑われてもいたのだろう。弥九郎達は、真っ直ぐ恵吾を見た。

「ですが今の甲賀者は、大事には関わっておりません。我らを色々調べ、試したのなら、そのことはご承知でしょう？」

縁談に支障をきたした噂の元は、小姓組だろうと、弥九郎は言葉を向ける。西之丸様は、ただ一人の和子《わこ》ゆえ、暗殺の噂は、時にあるに違いない。そしておそらく丁度今、小姓組達は心配している所なのだ。それゆえ、側付《そばづ》き達が動いたに違いない。

しかし甲賀を巻き込むのは、勘弁であった。

「いい加減、疑いを消していただきたい」

そもそも甲賀は、小姓組どころか、お庭番達とも立場が違った。お庭番は、将軍と直に会う者達だ。だからこの後、跡取りの君の為、働く機会があるかも知れないと思う。

(しかし我らは、西之丸様とは関係しない)

逃げ腰とかではなく、甲賀者には関わることが、許されていないのだ。

今の甲賀者は鉄砲百人組であり、忍び勤めの者ではなかった。命を賭け出世する機会にも、殺される危うさにも、関わったりしない。

(おそらくこれが、吉乃殿の破談が見せてきた事の結末なんだろう。首飾曲玉秘伝、占術が〝当〟を出した時、こういう話に落ち着くかもとは思ったが)

弥九郎は明日から、忍びの技を磨くのが、今までより辛《つら》くなりそうな気がした。求められてはおらず、疑われる元になるだけの技が、どうしてこの先も必要なのだろうか。みっともなく涙が滲《にじ》んできたので、慌ててあらぬ方を向いた。何故だか笑えてきた。

(猫を捕まえるだけの技など、百万の時を費やして会得するものでは、ない)

情けない思いに駆られたまま、甲賀の三人は目配せをし、じき、恵吾へ頭を下げた。

恵吾からの返事がなくとも、お庭番達より先に、西之丸の裏門から離れようと思う。破談の噂は暫く消えなかろうが、今度こそ、お庭番達との縁は失せていく気がしていた。

やはり恵吾は黙ったままなので、歩み出した。

その時だ。思いも掛けない声が、門の内から聞こえてきた。いや、声というよりそれは、猫の鳴き声であった。

「ふみゃーお。にゃーっ」

すると、笑い声が重なる。

「これ、せっかく静かにして、話を聞いておったのに。鳴くでない」

(お、おや)

その若い声は、櫓の上で聞いた覚えがあり、弥九郎は思わず足を止める。すると、笑うような調子の声は、とんでもないことを問うてきたのだ。

「甲賀者が、曲玉秘伝の占術を持つとは、知らなんだ。ではこれから、占って貰えぬか」

「あ、あの……」

何をと言いかけ、聞こえてきた言葉に黙り込む。声の主は、将軍家の世子、西之丸が近く死ぬか、それを占ってくれと言ってきたのだ。

「我が君、とんでもないことを言われますな」

「おや恵吾、聞いてみたいではないか」

声の主が引かないので、弥九郎は言葉に詰まってしまった。すると傍らから十郎が、落ち着いた声で恵吾へ返事をした。

「お答え申します。人は、必ず死にまする。ですので死を占うことは、出来ないのです」

そういう占いは、死に神と仏に勝負を仕掛けるようなもので、やっていいものではないのだ。

「ご勘弁願います」

すると門の内から笑い声が返り、分かったと独りごとがあった。ただ。

「ならば別の話をしよう。恵吾、皆を中へ」

そろそろ、集った者達の力も分かってきたからと、声の主が言う。そして返事も聞かないまま、声が遠ざかっていく。

（門の中へ入れとな。西之丸へ入って、どうするんだ？　何が始まるというのだ？）

江戸城は、巨大な城であった。本丸が一番大きいのは当然だが、西之丸御殿だけでも、幾つもの町人の町を飲み込むほど大きいと聞いている。

そして、その御殿の内へ来いと言われれば、三十俵二人扶持の御家人《ごけにん》が、否と言えないことだけは分かっている。

だが門の内へ入れば、暇な日々が遠ざかっていく気もした。

眼前の門が左右に開かれると、まずは恵吾と、次にお庭番達が、吸い込まれるように中へ消えていく。甲賀者三人も、後に続いた。

第二章

天女の笑み

一

土山蔵人の姉吉乃は、武家の娘ゆえ、町家で話に上ることは、ついぞない。だが実は、その麗しさゆえに、甲賀一門のみならず、伊賀や、百人番所勤めの面々に、騒がれてきた女人であった。

八重のしだれ桜のようだと、同じ甲賀の忍び、弥九郎は思っている。他にも薄紅の、牡丹《ぼたん》のごとしと言われたり、芍薬《しゃくやく》を思い浮かべる者も後を絶たなかった。信長《のぶなが》公の妹、お市の方に例える者は、本当に多かった。

親は吉乃を、甲賀以外へ嫁がせる意向と、言われていた。後々、一族の中で吉乃を巡り、騒動が起きては困るからだと、江戸城内の百人番所で噂になっていた。

そしてある日、その吉乃が、西之丸の庭に現れると、男達は噂以上とつぶやき、揃って目を見張ったのだ。西之丸の御前で、落ち着いた顔を見せていたのは、甲賀忍びの三人と、元の許嫁《いいなずけ》、お庭番の中村定之助のみであった。

ことに、西之丸様である徳川家基《いえもと》は、御殿内から、ため息を漏らしていた。

「よくぞ、今まで吉乃の器量について、西之丸の者達が騒がなかったものだ」

いや、ここまでの見目であれば、甲賀が真っ先に、一門の為、吉乃を役立てようとしそうなものだ。西之丸はそう言って、首を傾《かし》げていた。

「この器量なら、一旦、釣り合った家の養女にしてから、身分高き者が側室にしても、誰も驚かないだろうに。誠に、一の器量だ」

気がつくと、姿を見せないでいた書院番や小姓組の面々が、縁側の端や部屋の奥から、庭を見ているのが分かる。蔵人は姉へ目を向け、口元を一寸歪ませてから、姉の器量で、一に優れているのは何かを語った。

「西之丸様、見目より、忍《しの》び鎌《がま》の方が上でございましょう」

「忍び、鎌？　それは何なのだ？　おなごが使う物なのか？」

甲賀達が僅《わず》かに笑いを浮かべ、お庭番の定之助が、何故だか天を仰いだ。

二

安永《あんえい》七年、徳川の将軍家治には、ただ一人しか和子がいなかった。

子は四人生まれていたが、江戸の世、七つまでは神の内というほど、子は育たないものであった。病は、身分高き生まれであっても区別せず、子供をあの世へ連れて行ってしまうのだ。

将軍家治は、たった一人生き残った家基を、それは大事にしていると噂されていた。そして家基は、次の将軍にふさわしき器量だと、世の期待を集めていた。

そんな中、西之丸が甲賀の者達をそっと、西之丸の御殿内へ入れた。

弥九郎達は、小姓組の恵吾や、お庭番の定之助達と共に、己がどこにいるかも定かでないまま、門の内を奥へと歩んだ。幾つかの門をくぐり、凝った作りの庭を抜けた後、およそ甲賀者達が入る筈もない御殿へ行き着くと、長い廊下に面した庭に控えることになったのだ。

すると部屋内に、白い猫を抱いた若い姿が現れて、廊下に控える小姓、羽奈森恵吾に笑みを向けた。余程、互いの考えを承知しているのか、恵吾は黙って頷くと、庭の忍び達に向け、ここへ伴った事情を話し始めた。

「甲賀の皆も承知だろう。西之丸様は上様にとって、ただお一人の御子だ」

そして家治に、新たな和子が生まれなくなって久しい。よってもし……万に一つ、家基の身に何かあれば、将軍の座は、家治の血筋以外が継ぐことになるのだ。

「それを願っている者が、この江戸にはいる。西之丸で勤めている者が、その危うさを感じた事が、今までに何度もあるのだ」

徳川本家の主になるということは、天下を手に入れるということだ。指をくわえて、ただ幸運を待っている者ばかりでは、ないに違いない。

ただ。

「西之丸様は、既に無事元服を終えられ、今年十七になられた」

恵吾がそこで一旦話を切ると、甲賀忍び、弥九郎、蔵人、十郎の三人は、目を見合わせ頷く。

（そうか。家基様は、自分の子を持てるお年に、なってきたのだ）

　おそらく既に、正室を迎える話が出ているに違いない。息子を得られれば、将軍の、ただ一人の跡取りという立場から、逃れられる。男の子が生まれるまでの後何年かが、家基にとって、最も危うい時期に違いなかった。

「今、我らはこの時を乗り切る為、新たな力を探しているのだ」

　ただ太平の世、西之丸の者らが望んでいる味方は、酷く見つけづらいに違いない。新たな味方は、何よりもまず、他の者を担ぐ側ではないと、安心出来ねばならなかった。

　次に、次期将軍を守る為、この太平の世に要らぬほどの武術を、身につけている必要もあった。

　江戸城に顔を見せても、怪しまれない立場も必要だ。

（となると、余程限られる）

　弥九郎は口の片端を引き上げた。

　例えば、同じ忍びの伊賀者では、声を掛けづらかろうと思う。伊賀は、勤めとして大奥を警護しており、間違いなく、大奥の者達と縁を持っているからだ。そして大奥は、将軍家跡取り問題で、これまで何度も揉《も》めてきた場所であった。

（伊賀は既に、他の次期将軍を望む話に、巻き込まれているやも知れない。西之丸側が伊賀者を、ただ信じることは無理だ）

　では、各大名家はどうかというと、様々な思惑《おもわく》を抱えているに違いなく、更に危うい。小姓組、書院番達の身内すら、簡単には頼れそうもなかった。

　西之丸にいる側付き達は、多分長い間、使える味方を探してきたに違いない。

（だからといって、忘れられたに等しい身の、甲賀へ声が掛かったとは驚きだ。一体誰が、我らのことを口にしたのか）

　そして推挙の話が出ても、かつて忍びと呼ばれていた者らが、今も使えるかどうか、西之丸側は心許《こころもと》なかったに違いない。ここで弥九郎は、一つ思いついた。

（ははぁ、それで我らは、御殿の屋根へ登ったり、櫓へ、猫を連れ戻しに行ったり、お試しをされた訳だ）

　この考えは、間違ってはいなかろうと思う。弥九郎達は今、西之丸の中にいるからだ。お庭番達と違い、将軍家と会うことなど叶《かな》わない身であるのに、何故か今、家基の前にいた。

（我らは……西之丸様のお試しを、くぐり抜けたという事だろうか。甲賀一門の運が、動いたのか？）

　是非、そうであって欲しいと思う。だが、一門の長老にすら相談しないまま、若者三人でこんな場所に来て良かったのかと、怖くなってもくる。

　すると、猫を抱いた家基が、ふっと笑った。そして西之丸は、余人がいないからか、何と直に、甲賀の忍び達へ言葉を掛けてきたのだ。

「以前恵吾達が、新たな味方を探していた時のことだ。父上が信頼しているお庭番の一人が、忍びを味方にしてはと言ったらしい」

家治は、神君家康公へ見せたような、活躍をしてくれるかもと、その考えに期待を寄せたという。だが西之丸の小姓組や書院番達は、本物の忍びは既に、昔話にしかいない者達だと考えていた。

「一度、大奥と繋がりの無い、甲賀の方を調べようということになった。ある若いお庭番が、調べに向かった」

すると驚いたことに、そのお庭番は甲賀で、何としても夫婦になりたいおなごと、出会ってしまったのだ。

（お、おや）

思わず定之助を見ると、定之助は、そっぽを向いている。

小姓組など、甲賀の組屋敷へ何しに行ったのかと呆れていたが、聞けば相手は、並外れた器量好しとのこと。止めるのも無粋だと西之丸が笑い、そのまま縁組みが成るかと思われたのだ。

ところが。

「同じお庭番の家から、反対する考えが出て、甲賀の娘とは、あっさり破談になったとか」

甲賀との縁が、何故だか急に嫌われたようだと知り、恵吾など小姓組や書院番達は、眉根を寄せたという。

「まさかとは思うが、お庭番の内に、既に敵方がいるのではないか。そう考える者が、我らの内にいた。確かに敵方なら、西之丸に新たな味方が増えるのを厭うだろう」

お庭番として長く徳川に仕えていると、将軍以外にも権勢《けんせい》を持つ者と近しくなる。その者が、西之丸と対立する相手であっても、驚くことではないのだ。

将軍付として、安心して頼っていたお庭番に、疑いが湧き出る事自体、非常にまずい。更に、新たな味方の必要が増した。それで。

「甲賀が役に立つか、とにかく実際に見てみることになった」

ここで白猫が、みゃーっと大きく鳴き、西之丸が猫を下ろす。

「そう、かつて神君を守ったと言われている忍びの技は、今も健在であった。甲賀達は、占いで先を見通し、屋根の上でも高い木の先でも、飛ぶように動き回っておったわ」

今の世、一体何に使うのかは分からないが、甲賀の技は凄かったと、西之丸は笑っている。

「ああいう技を持った者同士が命を賭け、合戦《かっせん》に加わっていたのだ。戦国の世は、もの凄い日々であったろう」

西之丸はまだ大層若いのに、落ち着いた物腰で、甲賀の者達を見据えてくる。

「お主達忍びの者は、受け継がれてきた技を発揮出来ぬと、嘆いているそうだな」

弥九郎は思わず、余計な事を伝えたであろう吉乃の元許嫁を、城の堀へたたき込みたくなった。余分な話をしたのは、このお庭番に違いないからだ。

ならばと、家基の言葉が続く。

「甲賀は今後、この私に従い、忠義を尽くすように。もし御身達が力を発揮し、この身が無事、将軍職を継げた時は、甲賀へ、一門の力を示せるお役を与えよう」

弥九郎達は思わず、食い入るように西之丸を見つめてしまった。告げられたのは、昨日まで思ってもみなかった言葉であった。

（何と……我ら一門の明日が、変わるというのか。二百年近い時を経て、やっと甲賀忍びにふさわしい望みが持てるのか）

たとえ夢の内でも、来るとは考えられなかった明日であった。

御殿の庭に額をこすりつけ、感謝を示すしかなかった。何としても、己の命を賭け、全てを投げ出しても、この好機を逃してはならない。

（希望の光だ。初めて得た誇りだ。早く屋敷へ帰って、話を皆へ告げねば。そして一門の長《おさ》から西之丸様へ、ご返事を……）

すると驚いた事に、いつも落ち着き払っている十郎が、不意に隣で顔を上げた。そして首を傾げている間に、十郎は臆せず、直答の許されぬはずの西之丸へ言葉を告げたのだ。

「恐れながら申し上げます。我は……我ら一門は、命を賭して、西之丸様にお仕え申し上げます」

（えっ？　お、おいっ）

弥九郎は一寸、庭で飛び上がりそうになった。甲賀一門の、命運が懸かった話なのだ。その返事を、まだ若い十郎が、勝手にしてしまって良いはずがない。横にいる蔵人も、顔を強《こわ》ばらせて十郎を見つめている。

（だが……既に返事をしてしまった、か）

今更、やはり止めます、などと、西之丸へ言える訳もなかった。返答を聞いた羽奈森恵吾は、一寸驚いた顔になった後、よろしゅうございましたと、西之丸へ笑みを向けている。甲賀の立場は、決まってしまったのだ。

（若造が勝手に、一族の明日を決めてしまった。けしからんと、長老方が怒る。間違いないわ）

今更、忍びの力を当てにしてきたのだ。西之丸を守るのは、簡単な勤めではないと分かっている。

そして今後、将軍家の跡取り問題で、甲賀の立場が定まれば、必ず敵が出来る。それが吉と出るか否か、全く分からない。己達自身のことは、曲玉で占う事すら出来なかった。

（我ら甲賀は、その危うい事に、頭から突っ込んでしまったのだ）

弥九郎と蔵人は、次の言葉を見つけることも出来ず、誰より落ち着いていると思っていた友を、見つめる事になった。

（屋敷へ帰ったら、甲賀の主立った者達から、怒りを向けられ、説教を喰《く》らうだろうな。我ら三人は力を合わせ、話をせねばならない）

忍具を持ち出し戦う騒ぎにならなければ、ありがたいくらいだ。

やがて西之丸が部屋から出て行くのを、額を庭につけ、三人で見送った。今夜は寝る事など、叶いそうもないと分かっていた。

三

忍びは歳を取っても、忍びであった。弥九郎、蔵人、十郎の三人は、怒った一門の長老達から、かなり拳固《げんこ》を喰らった。ただ。

（忍具、苦無を持ち出した長老はいなかった。つまり……危ういとは思っても、一門の明日を西之丸様に賭けてみたいと、長達は考えているのだ）

弥九郎は御殿で、一寸腰が引けた己を、笑うしかなかった。

そして友三人は、まだ顔の痣《あざ》の引かない三日後、いつものように江戸城へ勤めに向かった。百人番所は、鉄砲百人組などが、江戸城大手三之門を警備している詰所だ。前方に濡《ぬ》れ縁《えん》のある、細長い建物での勤めは、既に慣れきって気楽なものだった。

だが、集う番士達とも親しいだけに、今日のように痣などこしらえて行くと、役を交代に来た他の番士達から、問いを山と受ける事になる。それは噂となり、伊賀衆、根来《ねごろ》衆など忍びにも伝わって、簡単には言い抜けができなくなるところが、厄介《やっかい》であった。

そして百人番所へ来た時、二十五騎組からの痣の問は、何とかかわしたものの、甲賀と交代に来た根来衆に、何も言わせないでいるのは無理であった。

「おやおや。甲賀の誇る若き三人衆が、揃って顔に痣をこしらえておるぞ。熊でも屋敷に押し入ったのかのぉ」

忍び達に隠し事をすると、知られたくない事まで掘り起こされてしまう。相手が満足するだけのことを話した方が、後々楽だった。

「この弥九郎が馬鹿をした。それが知れて、親が怒ったのだ」

　弥九郎を庇《かば》ったので、余分な事をするなと、友二人も拳固を喰らったと話を作る。十郎は滅多に馬鹿をしないので、弥九郎の仕業にしておいた方が、話を終えやすいと思ったのだ。

　するとこの言い訳は、思わぬ事が知られていた事を、甲賀三人に教えてきた。根来衆の田中《たなか》が、笑いつつ言ってきた。

「弥九郎殿、お主はいつぞや、本丸御殿の屋根に登っただろう。それが親に知れて、拳固が飛んできたのだろうよ」

「えっ？　何でそれを」

　あの話は、上手く終わったとばかり思っていたので、掛け値無しに驚いた顔になった。番所内に、どっと満足げな笑い声が上がって、拳固を喰らった本当の訳は、知れずに済んだと分かる。

　ただその後、屋根に居たのを知られるとは間抜けだと、根来衆から小言を喰らった。

「御殿の屋根に昼間から登るなど、度胸の良いことをしたもんだ」

「しかも弥九郎殿ときたら、御殿の回廊下から、誰ぞに見られたらしいぞ。何で馬鹿を……ああ、そうか。あの頃、金が必要であったな」

　忍びは、話を拾い集める事にも長《た》けているゆえ、吉乃の縁談と破談については、既に筒抜けになっていた。だからか、弥九郎が御殿の屋根に登ったことを、馬鹿だと言いはしたが……支《し》度金《たくきん》のために仕方の無いことだと、田中達は納得していたのだ。

「吉乃殿は、お見かけした事がある。本当に綺麗なお方ゆえ、お主も眩《まぶ》しく見ておったよな。あの娘御の、嫁入り支度に手を貸すとは、お主は良き男だ」


事を誤解したまま、皆は弥九郎の背をばんと叩くと、問いを切り上げてくれたので、ほっとする。ただ、御殿の屋根に登ったことが知られたのは、どう考えても弥九郎の落ち度であった。


中庭越しに弥九郎を見たという者は、書面集めの途中、目の合った若い男に違いない。溜息が漏れた。

(御殿の廊下にいた、あの若い武家は、誰だったのだろう)

西之丸とつながる右筆の縁の者であったら、話は漏れなかったはずだ。つまり弥九郎は、まずい相手に見られた筈だが、根来衆までが事を承知している割には、大事になっていない。

(何故だ?)


弥九郎は頭をひねり続ける。しかし答えなど出ないままお役を終え、番所を出た。

(多分、あの武家の名など、分からず終わるのだろう。諸事、そういう話は多い)


都合の良いように、誰かが事情を告げてくれる事など、あるはずもないではないか。

(いや、そんな事になったら、一層怖いわ)


諦めと、ほっとする気持ちをない交ぜにしつつ、同役へ挨拶をし、弥九郎達は百人番所を出ていった。

すると、近くの石垣の傍らで、三人の足が止まる。厳《いか》めしい江戸城の内、大手三之門近くに、何故だか男の子が現れていたのだ。良き着物に身を包み、付き人を従えていた。

（は？　どこの子だ？　六つか……七つか？）

しかし弥九郎の目は、直ぐに子供から離れ、その後ろに立つ若い姿に向けられる。見たのは二度目だが、はっきりと顔を覚えていた。

（御殿の屋根にいた所を、見られた相手だ）

その若者が昼間から堂々と、百人番所近くに現れたのだ。何が起きたのか摑みきれず、弥九郎は血の気が引く思いに駆られていた。

（あの、屋根に登った日なら、問われるのは、自分の罪一つで済んだ）

しかし今、甲賀の忍び達は西之丸に連なっている。御殿の屋根に登った話が、西之丸へ繫がっていくことを分かっている。知られてはいけない事が、恐ろしさを連れてくることに、初めて気がつく事になった。

（御家人の甲賀者が明日を望むと、こうなるのか。己達が動くだけで、他の方達の身が、案じられるようになるとは）

しかし、それ以上考える間は無かった。若い男が、何故だか子供を誘いつつ、弥九郎達の方へと近づいてきたからだ。そして驚いた事に、男はなんとも明るい笑みを浮かべ、弥九郎へ名乗ってきた。

「それがしは、一橋《ひとつばし》様にお仕えする小姓で、伊藤《いとう》と申します」

何故、今日、江戸城中で男と出くわすことになったのか、さっぱり分からず、声が出てこない。すると伊藤はかみ砕くように、事情を告げてきた。

「こちらにおられますのは、一橋様の若君、豊千代《とよちよ》様でございます」

以前、豊千代と縁があった医者が、朝の内、二之丸《にのまる》で倒れたという。中風《ちゅうふう》で、直ぐには動かすのも危うかった。

「何と」

「若君は、診《み》ていただいていた医者を、良く覚えておいででした。よって中風に効く家伝の薬を、是非届けたいと思われたのです」

まだ幼き子の優しき思いを知り、一橋家当主が老中に願い、若君の見舞いが許されたらしい。一橋家は平川門《ひらかわもん》近くにあり、城から遠くなかった。

「二之丸で、医者は目を覚ましておりました。若君のご厚情を知り、きっと良くなってみせると、涙を流しておりました」

見舞いは無事済み、帰宅と相成った。すると若君は、何故だか平川門からではなく、大手門から出て、堀沿いを帰る道を望んだのだ。

ここで伊藤が、にっと笑って弥九郎を見つめてきた。

「実は先日、それがしは城中で、驚くようなことを目にしまして。何と、この太平の世、忍びの姿が屋根にあったのです」

「………」

伊藤は、事情を直ぐに承知した。嵐が吹き荒れた後で、書面が飛ばされ、屋根に散らばっていたのだ。大事な物も有るはずで、失《な》くした者は困り切っているに違いない。それで忍びに頼ったと納得し、伊藤は余分な口出しなど、しないことにしたという。

「そ、それは……かたじけなく」

「ただ、空を飛ぶような姿が、忘れられませなんだ。それで若君へつい、珍しき御仁を目にしたと、話してしまいまして」

生まれて初めて本物の忍びを目にし、胸が高鳴った故と、伊藤は堂々と言ってくる。百人番所近く、誰が聞いているのか分からない城中で、そういう言葉を放ってきたのだ。ただ、思い出話をしているだけとは、到底思えなかった。

（伊藤殿は、余分な口出しはせぬと言った。だが、おれが御殿の屋根に登ったと噂を流したのは、この男だろうさ）

すると、ここで若君が目を輝かせ、弥九郎を見てくる。そして自分も、忍びの技を見たいと、明るく願ってきたのだ。

「は？　忍びの技でございますか？」

弥九郎達に、一橋家の若君から逃げだす術などなかった。しかし、百人番所からも人が出て、こちらを見ている中、うっかり技を見せる事は、何としても出来なかった。

（それこそ甲賀は、何をしでかすか分からない者として、早々に排除されかねない）

どうしたら良いのか分からず、寸の間、動くことも出来ずにいた。だが、このまま若君を待たせ続ける事も、無理だと知っていた。

　そして。

　弥九郎は意を決すると、懐から曲玉の首飾りを取り出し、若君に見せた。十郎ほど得意ではなくとも、甲賀の上忍は多く、この占いの技を心得ている。

「若君は、忍びの技をご覧になりたいとのこと。ならば、この弥九郎が、明日を見てしんぜましょう」

　まるで八卦見《はっけみ》の言葉のようだが、曲玉の占いは、甲賀に伝わる秘伝だと告げる。

「力が続きませぬゆえ、幾つも占う事は叶いませぬ。当か外か、二択になるような問いであると、信ずるに値する答えが、出やすいと伝わっております」

　だが、若君の眉が顰められる。

「我は忍びが、空を飛んだり、手裏剣を投げるところを見たい」

「それは……」

　するとここで、思わぬ方から助けがもたらされた。いつの間にやら百人番所の同役達が側へ来ており、先刻の田中が、自分ならば是非弥九郎の占いを聞きたいと、伊藤へ言ったのだ。

「わしには幼い子がおりますので、特にそう思います。甲賀の秘伝は、八卦見とは違う。滅多に占わぬが、明日を見通す事も多いと聞いております」

「子がいると、なぜ占いを……」

　言いかけた小姓は、ここで急に頷くと、どう問うたらいいかを、あれこれ迷いだした。子を守る者なら是非、聞きたい事が見えたのだ。今、町家では麻疹《ましん》が流行《はや》っていた。

すると利発そうな若君が、大人の言葉を聞きかじって、一つ頷いた。そして魂消るほど真っ直ぐ、問いを向けてくる。

「弥九郎とやら。我は長生きするのか？　じいやが今朝、流行病《はやりやまい》のことを心配しておった」

「えっ？　それは、また、その」

当か外か、二つに一つの問いだが、占うのも憚《はばか》られることでもあった。以前十郎が言っていたように、人の生死は占えないと言いかけ、しかし弥九郎は口を閉じる。

まだ印を結んでもいないのに、曲玉が指を引くのを感じたからだ。

（おや、珍しい程、はっきりした答えが出た。しかも、告げるのに困らないぞ）

弥九郎はほっとしてから、曲玉を操りつつ、若君の前にしゃがみ込む。そして、玉が答えたからには、告げるべきだろうと口にした。

「若君は、長く時を重ねていけましょう」

笑って告げると、まるで生きているかのように、若君へ、揺れて近づく曲玉を見せる。その不思議さに、子供の目が輝いた。

「ただ今後、何をしても大丈夫という話ではありません。親御様や、周りの方々の言う事を、良くお聞きになり、ちゃんと日々、体を保って下さいまし」

「うん、分かった。弥九郎とやら、忍びとは、じいやのような事を言うのだな」

「良きお方に、守られておられる」

頷く若君の後ろで、小姓の伊藤は、それはそれは嬉しげな顔になっている。子供は、流行病で命を落とす事が多い。子を失っている武家は、将軍家治だけではなかった。親達は鍾馗《しょうき》様の絵に頼り、寺社にお参りをして、何とか子が命を長らえるよう、祈るのみなのだ。

そんな中、若君は大丈夫だ、流行病などでは死なないと言われたのだ。伊藤が喜ぶのも、道理であった。

「立派な技を見せて頂いた。若君もお喜びだ」

満足したのか、伊藤はようよう弥九郎に絡むのを止め、若君と大手門へ向かう。弥九郎達は、一行が角の向こうへ消えると、助け船を出してくれた同輩へ、深く頭を下げることになった。

四

百人番所の近くで、一橋の若君と会った翌日、弥九郎達三人は、朝から西之丸へ呼び出された。

今日はもう一人伴ったので、正門からではなく坂下門《さかしたもん》から入り、紅葉山の前辺りに待たせて、三人は御殿へと向かった。すると十郎が御殿を前に、息を一つ吐いてから言う。

「何度見ても、西之丸御殿は大きいな。御殿の内に、大名家の上屋敷《かみやしき》が、敷地ごと入るだろう」

　そして江戸城本丸の御殿となると、更に倍はありそうであった。

「本丸の敷地内に、日本橋から京橋《きょうばし》辺りまでの町が、すっぽり入るかも知れん」

　その大きさが徳川の力を示していると、十郎が語った。江戸の世、天下を統《す》べているのは、この巨大な城の主なのだ。

「なりたい者は、多かろうさ」

　蔵人が静かに頷き、三人は庭から御殿奥へと向かった。すると。

　今日は、奥の部屋の障子《しょうじ》は開いておらず、廊下に小姓組の羽奈森恵吾と、お庭番の中村定之助のみが待っていた。そして二人は弥九郎達へ、いささか冷たい目を向けてくる。恵吾の声は、尖《とが》っていた。

「お主達、何と城中の大手門近くで、一橋様の若君へ、忍びの技を見せたそうだな」

(あ、やっぱり既に、話を摑んでいたか)

　昨日は何と、三人が帰るよりも先に、甲賀の屋敷へ、その噂が届いていたのだ。弥九郎達は、城中で、何を派手な事をしているのかと、また親から、拳固を喰らいそうになったのだ。

　そして今日、恵吾や定之助も不機嫌に見える。

「その上、一橋の若君へ、流行病にも罹《かか》らず長生きをすると、世辞を言ったとか」

　一橋へ仕えたくなったのかと恵吾から問われ、弥九郎は溜息を漏らした。この所、心をすり減らすような件が続いている。西之丸の御殿で、一番馴染みのある恵吾にまで、うんざりすることを言われたのでは、たまらない。それで、もし障子の向こう、部屋内におわすなら、西之丸様にも聞こえるよう、はっきりとした声で言った。

「昨日それがしは、困った相手に出会ってしまったのです」

御殿の屋根で書面を集めた時、弥九郎は、若い男に姿を見られていたのだ。そして昨日、その男が一橋家の若君の小姓を名乗り、百人番所へ現れてきたと言うと、恵吾が片眉を引き上げる。

「おやおや弥九郎は、一橋家の小姓に、忍びの技を見られていたのか」

「伊藤殿は、若君が忍びを見たがっていたゆえ、来られたと言いました。だが幼い若君が、百人番所のことをご存じとも思えない」

伊藤は、甲賀や伊賀、根来など、忍びが多く勤める百人番所へ、屋根に居た忍びがいないか、確かめに来たのに違いない。伊藤は忍びの話を面白く語って、若君を誘ったのだ。弥九郎には、そうとしか思えなかった。

「しかも伊藤殿は、書面を集めていた者は困っていただろうから、忍びに頼ったことを広めたりしないと、わざわざ言ったのです」

「……ほお」

恵吾と定之助が、顔を見合わせた途端、あっさり障子戸が開くと、西之丸が今日も猫を抱いた姿を見せてくる。弥九郎は、まだ幼い豊千代が忍びの技をねだったので、困り果てたことを語った。そして。

「百人番所にいた同じ忍びが、その困りごとから救ってくれました。甲賀の占いで場をやり過ごすよう、声を掛けてくれたのです」

曲玉秘伝の占いであれば、手元で行うもので、人目を集めずに済むからだ。もっとも、長生きするかと問われたので、占いをしても、答えが得られるとは思えなかった。

「ところが、です。昨日は、ろくに気を込めぬ内に、あっさり曲玉が動きました。答えがはっきりしているとき、ごくたまに、曲玉はそんな動きをいたします」

それで弥九郎は、若君へ告げたのだ。

「あの小さな若君は、体が丈夫なのでしょう。それがしが何も申し上げなくとも、健《すこ》やかにお育ちになると思われます」

どっちみち同じ事になるのだ。文句を言っても始まらないと、恵吾へ言い切った。すると、ここで白猫が機嫌良さげに鳴き、西之丸が三人へ声を向けてくる。

「弥九郎、恵吾はな、子供が無事に育つ事を、厭うている訳ではない。ただ、その占いを聞いた一橋殿が、それは喜んだそうだ。そして、見舞いを許した老中へ、礼と共に話を伝えたとか」

「は？　一橋様は、たかが忍びの占いについて、御老中へ話されたのですか？」

二人はどういう間柄なのかと、蔵人と弥九郎が驚く。だが十郎は、何か思い当たったようで、わずかに笑った。事情を承知かと恵吾が問うたので、十郎が言葉を返す。

「一橋様は、田沼《たぬま》の御老中と親しいと、耳にしたことがございます」

わざわざ老中へ、息子の壮健なる話を伝えたのだ。一橋が田沼老中と組み、次期将軍の座に、息子を就けたがっているという噂は、外れてはいないと思う。

「それがし、西之丸の方々が、心配を向けているお一人は、田沼の御老中ではないかと、考えております」

　しかしだ。

「一橋様は、陸奥《むつ》白河《しらかわ》藩、松平《まつだいら》定信《さだのぶ》様と、お親しいと聞いておりました。そして松平様は、田沼様とは合わないと思っております」

　西之丸が頷き、口の端を引き上げる。

「松平殿は、一橋殿のご親戚、田安《たやす》家の御子で、将軍の器と噂のあった、出来るお方だ。だが田沼老中の仲立ちで、白河松平家へ養子に出されてしまった」

　将軍家の血筋でも、他の大名家の養子となると、万に一つ、西之丸が亡くなることがあっても、将軍の座に就く事が出来なくなる。田沼老中は、養子の件を取り持ちし、定信が、己の主となる見込みを取り除いた。そういう噂が、ひっそり流れていた。

「さて一橋殿が組んでおられるのは、誰なのだろうか」

「誰にしても、将軍職を頭に置いての話など、無礼な事でございます。こうして西之丸様がご健在であり、次期将軍としてふさわしいと、皆が認めておりますのに」

　恵吾が、ばっさり話を切り捨て、西之丸が笑う。西之丸はここで、甲賀の三人を見ると、少し困ったような顔で言った。

「私は、味方になると誓った甲賀が、早々に他とも、気脈を通じたとは思っておらぬ。だがな」

書院番達は、考えが別なのだ。一橋の話を聞いた彼らは、今日、甲賀の前に姿を見せていない。

「お主達へ、こちらの考えを全部知らせてしまうと、危ういと考えておるようだ」

新参《しんざん》ゆえ、暫く噛み合わぬのは仕方が無いと、西之丸は言ってくる。御殿にいる全員から、歓迎されるとは思っていなかったが、ここまで厭われると、弥九郎も気が重い。横で十郎が口を開いた。

「西之丸様、書院番方が、我らと会いたくないならば、役目を分けるのはどうでございましょう。甲賀は西之丸様ご自身か、小姓組が命じられた件をやって行きましょう」

慣れるまでは、無理して共に動こうとするより、互いに楽であろうと十郎は言ったのだ。それは良いと、弥九郎も思った。

（西之丸様が直に命じられた件なら、甲賀が役に立つことも示しやすい）

すると、姿は見えずとも話は聞いていたようで、書院番の兵藤《ひょうどう》が突然現れ、勝手に動きたいなら、こちらは構わないと言ってくる。恵吾が溜息をつき、ならば当分、お庭番の定之助が、恵吾と甲賀の間に入って欲しいと話してきた。

「それで甲賀は、何をなせるか、考えがあるか？」

この場で直ぐに問うなら、返事が出来る。西之丸がそう言うと、十郎が案を一つ告げた。

「まずは恵吾殿に、お尋ねいたします。西之丸様への縁談、もう、お話があることと思います。既に調っておいででしょうか？」

即答があった。

「いや。京より迎えるとの、話があると聞くが、大切な事ゆえ、早くは進まぬ。直ぐに決まる話ではないようだ」

十郎は、そういうものなのだろうと頷いた。ただ。

「徳川様では、御正室が跡取りの君を産まれたことは、少ないと聞いております」

周りはそれを承知だろうから、正室が西之丸へ入れば、早々に側室も、決まっていくだろうと言う。

「その御側室方には、親御がおいででしょう。家の繋がりもありましょう。甲賀が、その方々の身上を、調べるというのはいかがでしょうか」

側室側からもたらされる話は、都合の良い事のみに違いない。甲賀であれば、家の付き合いから、兄弟、縁者の考えまで洗い出せると、十郎は言ったのだ。

「お庭番は、平素の勤めもあり、お忙しいでしょう。人手はあった方が、よろしかろうと思います」

横で、蔵人も頷いた。

「ご側室が奥へ入られる折、出来れば荷も、あらためた方がいいかと。下手な薬など持ち込まれては、西之丸様のお体に関わります」

頷きはしたものの、西之丸は首を傾げる。

「お主達、おなごしかおらぬ、城の大奥へも入り込むのか」

弥九郎が笑った。

「甲賀には、おなごの忍び、くノ一がおります。おなごの場のことは、そちらに任せた方が、諸事上手くいくかと」

「ああ、そういうことか」

この話には、恵吾も頷く。

「お庭番は、奥の事には手を出せぬ。くノ一とは助かる」

早々に話はまとまり、いずれ側室の御殿入りが決まったら知らせようと、恵吾が口にした。ただその後、一言あった。

「西之丸の奥へ入るとなると、そのくノ一のことも、承知しておかねばならぬ。一度、こちらへ連れてくるように」

すると蔵人が頷き、この場へ呼んでもいいかと言い出した。

「はて、今日、連れてきているのか？」

「いずれ、くノ一の手は必要かと存じましたので。今日は、恵吾殿に引き合わせておこうと、伴いました」

「おや、くノ一が現れるのか。そういうおなごと会うのは、初めてだな」

どうやら、呼んでも良いのだと承知して、蔵人が駆け去ると、程なく、くノ一の連れと共に帰ってきた。

途端、部屋の奥から、姿を見せていない者達が、ざわりと声を上げた。結構な数の声を聞き、弥九郎と十郎は、咄嗟《とっさ》に苦笑を抑える。一方定之助は、顔を顰めていた。

蔵人とその姉が、御殿前の庭で頭を下げた。

「土山蔵人の姉、吉乃と申します。甲賀一門の、くノ一でございます」

西之丸は、御殿内から溜息を漏らし、思い出したと言った。お庭番の定之助が懸想《けそう》したのは、甲賀にいた、天下の美女であった。

「よくぞ、今まで吉乃の器量について、西之丸の者達が騒がなかったものだ」

吉乃を褒める言葉が続く中、気がつくと、書院番や小姓組の面々が姿を見せ、縁側の先や部屋の奥から、庭へ目を向けている。蔵人は姉へ目を向け、口元を一寸歪ませてから、姉の器量で一に優れているのは、忍び鎌だろうと語った。

「忍び、鎌？　それは何なのだ？　おなごが使う物なのか？」

西之丸の問いを聞き、お庭番の定之助が、何故だか天を仰いでいる。そして呆《ほう》けた顔で、くノ一を見つめ続ける恵吾を見てから、忍び鎌は忍具だと語った。

「鎌のような形のものでございます。それがしは一度、蔵人殿が使った場を見ただけですが、手合わせした者の刀が、折れていました」

「ほ、ほう」

吉乃は控えめに笑って、奥で役に立つ日が来た時は、精一杯務める旨《むね》を、柔らかく口にする。声まで麗しいと、また声が湧いた。

「何故、このような天女がまだ、大名家の側室にでも、なっていないのか」

西之丸が首を傾げ、側付きの者達は、甲賀への不信を、吉乃の前では忘れた。そしてこの日は西之丸でそれ以上、事が進みそうに無かったので、甲賀達はじき、御殿を辞す事になった。

五

弥九郎達は御殿から離れ、内堀沿いに歩んで半蔵門《はんぞうもん》から出ると、四谷《よつや》御門《ごもん》へと向かった。

江戸城の、外堀《そとぼり》と内堀に囲まれた一帯には、町並みが広がっている。そして、そのほとんどが、広大な武家地で占められていた。

北から西にかけては、旗本などの、比較的小さい武家屋敷が数多あった。南から東には、町人の町が幾つも飲み込まれる程大きい、名の知れた大大名の屋敷が連なっている。

だが半蔵門を出て、四谷御門に至る道の両側には、珍しくも町人の町が、幾つも細長く続いている。そしてそこもまた、江戸城の内に違いないのだ。

大大名屋敷の傍らであれば、どこまでも塀が続き、人通りが少ない事も多かったが、町家の前には、人が連なり歩いている。賑やかな町並みを行くのは嬉しかったが、人に聞かれたくないことは、話しづらい。弥九郎が連れへ向ける声は、どうしても小さなものになった。

「あの、定之助殿、恵吾殿。お二方はどうして今日、帰宅する我らと、共に来られたのかな？」

定之助など破談の後なのに、まさか甲賀の組屋敷へ、来たいわけではあるまい。弥九郎から問われて、定之助は一寸顔を赤らめた。

そして御殿から、何故だか甲賀に付いてきた、恵吾を見てから言ったのだ。

「それはその……一度、吉乃殿に、きちんと謝らねばと思いまして。そう、それがしはまだ直に、詫《わ》びておらぬので」

すると、それに答えたのは、吉乃ではなく、弟の蔵人であった。

「定之助殿、武家の縁談は、家と家との取り決めごとだ。姉の縁を承知したのは、土山家の父上だ」

もし、どうしても自分の口から謝りたいと言うなら、この後定之助が話す相手は、吉乃ではなく、土山家当主となる。

「それでも当家へ、おいでになりますか？」

蔵人が、背後へ目を配りつつ言うと、定之助の目が、また恵吾へと向く。

「そう言われるなら、羽奈森殿は、何しに来られたというのだ。小姓組なのに西之丸様のお側を離れ、甲賀と同道とは」

恵吾が顔を赤くし、役目を交代する刻限が来ていたので、御殿を出ただけだと告げる。

「それに、だ。それがしと吉乃殿は、話すべき事もあるので。この後、西之丸の御殿で調べごとをするための、相談に乗りまする」

もし西之丸へ来るなら、吉乃を支え守るのは、小姓組の勤めになろうと、恵吾は調子よく続けた。

「守る、とな。うちの姉上を？」

「くノ一を、守ると言われるのか。恵吾殿は、腹の据わった男であるようだ」

十郎が笑うと、恵吾は眉根を寄せている。

「はて？　何故そのように言われるのかな？　おなごを守るのは、男の役目だろうに」

十郎がまた笑ったが、ここですっと顔つきを変えると、辺りへ目を配る。直ぐに、友二人へ目配せをしたので、弥九郎は頷くと、恵吾と定之助の間にゆき、小声で伝えた。

「急だが。麹町《こうじまち》の町家が切れた先、四谷御門の手前を、左に行かれよ」

左手は、尾張《おわり》様の広大な屋敷の塀と、外堀に挟まれた道が続く場所だから、一気に人目がなくなる。そう付け足すと、二人の顔が、さっと強ばるのが分かった。

さすがは武を受け持つ番方の者で、恵吾はここで気づき、声低く言った。

「我らは追われていたのか。何者なのかは……分からぬな。ならば二手に分かれ、おなごの吉乃殿には弟御を付け、先に、甲賀の屋敷へ向かわせるか？」

弥九郎は、大真面目な恵吾へ、何と言ったら良いのか分からなくなる。だが、もう四谷御門が見えてきており、恵吾達二人とゆっくり語る間は、弥九郎にもなかった。

（半蔵門を出てからずっと、付けられていると分かる足さばきだ）

武家だろう。忍びを狙う者達を、弥九郎は既に思い描いていた。

「何人で迫っているか、弥九郎、分かるか？」

「十郎、おそらく四、五人だ。甲賀へ手を出そうというのに、数で勝ろうともしないとは、なめてくれたものだ」

友と話している間に、町家の家並みが途切れ、門前の外堀近くに差し掛かる。一行は揃って、左へと曲がった。途端、弥九郎と蔵人が、尾張家の塀の上へ飛び、姿を消した。

一方十郎は、残った者らへ、駆け出すように促した。すると逃げられると思ったのか、追ってきた者達も走り出す。双方が、四谷御門から十分に離れた所で、尾張家の塀から弥九郎達が飛び降り、追ってきた者達を、道の前後から挟む形にした。

立ちすくんだ四人は、全員笠《かさ》を被《かぶ》っていたが、ここで恵吾が声を上げ、相手の名を知る事になる。

「何と！　西之丸の、書院番の者達ではないか。前の二人は兵藤殿、嶋《しま》殿であろう。何で付けてきたのだ？」

すると兵藤が、笠を取った。そして吉乃へ目を向け、甲賀者は油断ならぬからだと言い始める。兵藤らはその証を、ここで掴みにきたのだ。

「お庭番も、誰に忠義を尽くすか分からぬから、同様だ。お主らは甲賀のおなごを、西之丸様に売り込もうとしておるのだろう」

女はくノ一だから、御殿奥で働けると言い、西之丸の側女《そばめ》として送り込む算段なのだと、兵藤は言い張る。

「甲賀は我らの目が届かない所で、一橋家へも己達の技を見せつけておる。全く信用ならぬわ」

そもそも、甲賀忍びを使うこと自体が間違いだと、兵藤は言い立てた。

「お主ら、忍術で御殿の屋根から、書面を集め、力を示したと聞いたが、それが何だというのだ。書面や猫を拾えても、西之丸様の役に立つとも思えぬ」

いや、くノ一まで伴い、男の目を引こうという者達は、西之丸御殿から追い払うべきだと言う。兵藤は余程、忍びという者が気に入らないと見えた。

すると、吉乃が困ったような顔になり、首を傾げている。そして兵藤へ、初めて言葉を向けた。

「あの、一番怒りを買ったのは、私でしたか。おなごが忍びでは、気に入らぬのでしょうか。くノ一は役立たずだと、そうおっしゃりたいのですね?」

書院番達の考えは誠に明快で、迷わずに済む。だが甲賀の今を、余所の御仁に勝手に決められては困ると、吉乃は苦笑を浮かべたのだ。

「せっかく、跡を付けて来られたんです。私どもが役立たずかどうか、言葉を重ねるより、一度立ち合ってみればよろしいのに」

「姉上、止《や》めて下さい」

「ほお、構わぬのだな」

その一言を待っていたかのように、兵藤がすっと構えをとり、刀へ手を掛ける。何故だか定之助までが、魂消た顔で声を上げた。

「おいっ、刀を抜くな。止めておけ」

そして……刀が抜き身となった時、あっという間に、場の優劣は決まっていた。

硬い音が響いた時、兵藤の刀は根元近くから折られ、傍らの地面に突き刺さっていたのだ。

そして背後から喉元に、吉乃の忍び鎌が突きつけられていた。

「は？　いつの間に……」

残りの書院番達は、弥九郎、十郎、蔵人に腕を取られ、刀を抜く前に、身を押さえつけられている。

「そこまでだ。味方同士が争ってどうする」

塀の前にいた恵吾と定之助が、溜息と共に、双方を引き離しにかかる。吉乃はさらりと引き、刀を折ってしまったことを詫びたが、兵藤は唸《うな》り声を上げたのみであった。

忍び鎌の刃が革袋に収まり、吉乃の持つ背の包みへ消えると、堀沿いの道から剣呑な気が薄れていく。すると蔵人が、気のない口調で無礼を詫びた後、書院番達へ語った。

「我ら甲賀者は納得済みなので、姉の事を語るのに、言葉が足りなんだようです。だが本当に姉の吉乃は、御殿の奥で暮らすような先々を望んではおりません。西之丸様へ姉を売り込むなど、とんでもない」

西之丸も不思議がっていたが、玉《たま》の輿《こし》で出世を望んでいるのなら、吉乃には既に山ほど機会があったと、蔵人は語った。

「おなごは養女というやり方を使い、身分を超えて、縁組みをいたします。土山家は御家人でございますが、姉には……お大名からも側室にと、沢山のお話を頂いてきました」

おなごは十三になると、縁組みが出来るようになる。正直に言うと、十七になるまでの四年の間、幾つ良縁が届いたか、確かに覚えていない程だと蔵人は続けた。

「姉はもったいない縁を頂き続け、親を悩ませておりました」

「親御が悩む？　何故だ」

蔵人が、どう話したら良いのかと、眉間に皺を寄せ、言葉を探る。すると、横から吉乃本人が話し出した。

「あの、不思議な話なのでしょうか。私、寺へお参りに行くことすら、好きに出来ない暮らしは、嫌なのです」

貧乏で、内職をするような日々には慣れているが、己の世話役が、間近に控えているような毎日は、考えるだけで肩が凝ると言う。それにだ。

「いつか添う方には、私より強くあって頂きたいと、常々思っておりました。でも父と弟が、お大名にそれを求めるのは、無理だと申しますの」

弥九郎は、思わず笑ってしまった。

「吉乃殿は、真実お強いのです。正直な話、吉乃殿の忍び鎌を受け切れぬ者は、甲賀忍びにも多くおりましょう」

「ほお……お主達三人にも、無理なのか？」

　この問いに、吉乃が首を振る。

「弟達は、私よりも強うございます。中でも弥九郎殿が、今の甲賀の一、ですね」

「ふんっ、書面集めが、一番なのか」

　だが、兵藤はここで強ばった顔を、折れた己の刀へ向けている。蔵人は、大名家へ嫁がなかったのは、姉の考えだけではなく、親が不安を覚えたからだと口にした。

「何しろ、くノ一ですので。屋敷の塀どころか屋根も、姉は軽々と越えられます」

　そして吉乃は、閉じ込められるようなことが、大嫌いであった。名家に嫁いでも、その内、散策などしたくなって、表へ出てしまいそうなのだ。それでは、おなごだけで暮らす、奥の意味がなくなる。

「おまけに、その事で揉めた場合、姉より、相手の方々を心配する事になります。お相手が姉より強い事など、まずないでしょうから」

　嫁ぎ先の平安を、親が日々、神仏に祈る事になりかねない。吉乃の相手が大名であったら、自分の家だけでなく、甲賀一門丸ごと巻き込んだ、大騒動を引き起こしても不思議ではないのだ。

　麗しい娘を持った土山家当主は、地味で平穏な縁を望むようになった。

「……つまり元の縁談相手、定之助殿は、余程強いのかな？」

　ここで兵藤達が、塀の前にいるお庭番へ目を向ける。すると蔵人は忖度《そんたく》抜きに、土山家と縁があった男の、力量を語った。表向き語られてきたこととは、違う話が出てくる。

「お庭番方は、相手の力をはかることがお出来になる。つまり定之助殿は、姉が己より強いことを見抜いた。だが、それを承知の上で、姉を嫁にと望まれる器量をお持ちだった」

よって、舞い込み続ける縁談に困っていた親が、縁組みを決めたのだ。しかし定之助は、一門から縁談を反対された時、それを跳ね返す力は、持ち合わせていなかった。

「で、破談と相成りました。ですが定之助殿、気になさらなくとも大丈夫です。破談の後も、姉への縁談は山と来ておりますゆえ」

己が決めた縁ではないから、吉乃は今日まで、定之助と話したことがなかった。縁はとうに、終わったと思っているだろう。

「あら、そうですわねえ」

明るく言われたからか、定之助の顔が地面に向けられる。蔵人が断言した。

「つまり姉が、千代田の城の奥を目指すことなど、あり得ませぬ。我らはその事を、ようく承知しているゆえ、側室になることを望むだろうと言われ、戸惑っております」

何しろ大奥は、大名家の奥より厳しき女の園なのだ。熊と戦っても引くことのない、くノ一、一の腕前と、どう考えても合わなかった。

「く、熊？　吉乃殿は熊を仕留めるのか」

「兵藤様、熊の胆《きも》は良き薬になりますのよ。あ、そういう話では、ありませんでしたか」

蔵人は首を振った。

「方々はこのような話、納得出来ぬかも知れません。ですがそれが、まごうこと無き真実でして」

いつか吉乃について得心したら、書院番達と甲賀は、もっと気安く付き合えるかも知れない。蔵人はそう言葉を向けたが、書院番達は頷く事すらしない。しかし、蔵人の言葉に食らいつき、また言い合う事は止めた。

そして兵藤は、刀の刃を拾うと、大名屋敷の傍らから帰っていったのだ。甲賀の四人はほっと息をつき、残った定之助と恵吾は眉根を寄せた。

「やれ、今日一日で、甲賀は書院番と、随分揉めてしまったな。後が厄介だぞ。甲賀は兵藤殿方に、なるだけ気を遣ってくれぬか」

それも役目の内と言われれば、仕方がない。弥九郎達は頷いたものの、気が萎《な》える。

（甲賀が、新たなお役を勝ち取るのは、かなり大事なのだな）

いや実際、敵方を見定め対峙《たいじ》するより大変なのは、人付き合いかも知れなかった。弥九郎は、長く続く尾張家の長屋塀に向け、溜息を漏らす。

そしてじき、更なる溜息を重ね、十郎に笑われてしまった。一騒ぎ起きたにもかかわらず、定之助と恵吾はまだ帰らず、吉乃へ目を向けていたのだ。

悩みが積み重なっていきそうで、弥九郎はこめかみを押さえた。

六

鉄砲百人組が、百人番所で行う勤めは交代で出るから、余り巡って来ない。よって甲賀忍びは平素、暇を多く抱えていた。

いや、時があるなら、甲賀一門が行っている傘張りを行えば良いのだ。金の無い百人組が精を出している内職は、今や職人技も極まっており、世間からの評も高かった。そして、忍びが傘作りに卓越して良いものか、一門の妙な悩みになってもいたのだ。

だが、忍びの先々に希望が見えてきた今、弥九郎達の目は、なかなか傘には向かない。つい千代田の城の方を見て、足もそちらに向かってしまいがちであった。弥九郎達三人は呼ばれない日も、西之丸御殿へ通うようになったのだ。

するとある日、顔を出した御殿で、思わぬ騒ぎに行き逢《あ》う事になった。

「はて。今日は御殿の内で、皆さん何をしておいでなのかな」

裏庭から西之丸御殿へ入ると、いつものように挨拶の声を掛けたが、人が直ぐには出てこない。その内、廊下を歩いていた小姓組の酒井《さかい》を見かけ、やっと事情を問うと、驚くことになった。今、御殿総出で、探し物をしていると言われたのだ。

酒井は声を潜め、御殿内で呪詛《じゅそ》の札が見つかったことを、弥九郎達へ教えてきた。

「呪詛、ですか。何と……」

「土間にある竈《かまど》の傍ら、荷の裏手にあったとか。他にもあるなら、西之丸様の身が危ない。よって今、御殿中を改めている所なのだ」

人手が欲しいので、三人も札を探せと言われて、頷く。ただ、酒井が足早に廊下を歩み去ると、弥九郎は頭を掻《か》いた。

「今時、呪詛の札とは恐れ入った。効かぬぞ、あんなもの」

使える技であれば、忍びは武術と同じ程、呪詛を行ってきた筈なのだ。甲賀の若手上忍、三人の意見は決まっている。

「呪いは、墨と紙の無駄遣いだな」

しかし呪術を恐れる者は、確かに結構いる。だから呪詛を行ったと、相手へしっかり伝えれば、気を病むだろうし、病になることもあり得る。そういう意味での呪いは、使えるかも知れなかった。

「西之丸にいる皆様も、信じている口かね」

すると蔵人が、他にも呪詛の札に、気を付けるべき点があることを思い出させてくる。

「呪詛の紙に、毒や、害になるものを引き寄せる匂いを、塗ってあるかも知れません、そういう物だと厄介です」

「確かに、な。ならば真面目に探すか」

まずは三人で、札が見つかったという土間へ向かい、書院番達に断って、呪詛の札があった場所を教えてもらう。今日も甲賀には、良い顔など向けて来なかったが、自分達が、武家達では入りづらい天井裏へ上がると言うと、承知してくれた。

「とりあえず、竈の周りに、毒の匂いはないようだ」

ならばと次に、隣の間の天井板をずらし、飛び上がると、一気に天井裏へ入り込む。部屋の上は仕切られていなかったので、三人は別々の方角へ向かった。暗い中、自分が札を貼りそうな場所へ行くと、弥九郎は直ぐにやりと笑った。

「おっ、呪詛の札が見つかった。おや、札は他にもあるぞ」

じき、闇の向こうにいる蔵人や十郎からも、あったと声が伝わってくる。集めて、下の部屋にいた書院番達へ渡すと、大騒ぎになった。

まずは広間に、お側衆、書院番、小姓組の面々が顔を揃え、上段の間の手前に、呪詛の札が並べられた。弥九郎達甲賀の者は、天井裏から札を見つけ出した者として、廊下に控えることになった。

そして西之丸が上段に姿を見せると、お側衆の一人が渋い顔で、まずは今日の騒ぎを主へ告げる。

「それにしても、何枚もの呪詛の札がどうして、御殿の天井裏にあり、しかも見過ごされてきたのか。西之丸様のお命に関わる、大事です」

部屋の者達は頷き、呪詛の紙を睨んだが、誰からも答えは出て来ない。皆は、西之丸へ何も話せない事に、苛立《いらだ》っているようにも見えた。すると。

ここで書院番の兵藤が、何と顔を廊下へ向け、怖い事を言ってきたのだ。

「甲賀者が、この呪詛の札を多く、天井裏にて見つけたのだな。この札は、どのような物なのだ？　忍びならば、呪詛の札を書くことも出来ると思うが、分かるか？」

　まるで、甲賀が札を書いたかのような言い方に、弥九郎は顔を顰め、黙っていた。兵藤は言葉を更に重ねてくる。

「さて、早々に話せ。甲賀はなぜ、呪詛の札を見つけられたのだ？」

　すると十郎が、お答えしてもよろしいかと、落ち着いた顔で言う。西之丸が頷いたので、友は早々に話し始めた。

「先程甲賀が、天井から札を見つけましたのは、呪詛の札は見つかりにくい場へ置く物だと、知っていたからでございます。一番端に置かれた、目玉のような絵が三列に並んでいる札は、確かに相手を呪う、呪詛の札だと存じます」

　ただ、その横で見つけた、口や日の字が四列に並んでいる札は、呪詛返しだろうと、十郎は口にした。

「呪詛返し？　悪しきまじないを、掛けた者へ返す札なのか？」

「はい。そして、呪詛返しの隣にあります、真ん中に口の字が九つ並ぶ札は、流行病を防ぐ札だと思われます」

　山伏《やまぶし》が使っているのを見たことがあると、十郎が告げる。

「おや、そういう札もあるのか」

　恵吾が目を見開き、書かれている〝如律令《にょりつりょう》〟の文字に見入っている。

　ここで弥九郎が、天井裏にあったものは、どれも同じほど古く見えると言ってみた。それ故、今回の札に、忍びの者は関わっていないだろうとも言ったのだ。

「おや、では誰が、御殿の天井裏へ入り込んだと言うのだ？」

兵藤の問いに、弥九郎は問いを返した。

「返事をいたします前に、一つ、伺ってもよろしいでしょうか。西之丸様が、こちらの御殿へ入られたのは、五、六年以上前の話になりますでしょうか」

すると恵吾が頷いたので、弥九郎は、札が天井裏に置かれた事情を、摑めた気がした。

「札の紙は、どれも同じほど黄ばんでおります」

おそらく同じ頃、天井裏に置かれたのだ。そして。

「忍びの者ではなくとも、御殿の天井裏に、上れる時があったと思われます。西之丸様が、本丸の奥から、この御殿へ移られる時、一度手入れをされたはずですので」

「あ……」

御殿の内に、声が幾つも上がった。

先代の将軍家重《いえしげ》が亡くなった時、将軍の跡取り、家基はまだ生まれていなかった。誕生の後も、暫くは大奥で育った筈で、御殿の主となる前将軍や次将軍がいないまま、西之丸はしばらく空いていたのだ。

となると再び使う時、手を入れる。

「なるほど、直す時であれば、天井裏でも床下でも、入り放題だな」

「恵吾殿、呪詛の札は多分、その時置かれたと思われます。そして誰かが見つけて、危ういからと、呪詛返しを置いたのでしょう」

　同時に、流行病を防ぐ呪符も、天井裏へ置かれたようだ。

　なぜ呪いの札を全て取り去らず、代わりに呪詛返しを置いたのか。おそらく、幾つかの札を回収したものの、残った札があるのを案じた者がいたのだ。

「それで、呪詛返しの札を、残して行ったのかと存じます」

　匂いなど確かめたが、全ての呪詛札には、良からぬ薬など塗られていない。集めたものはそのまま燃やしても大事ないと、弥九郎は告げた。すると、またもや兵藤が、渋い顔を甲賀へ向けてくる。

「薬のことなど、どうして忍びに分かるのだ？　お主ら、武の者であろうに」

　溜息を漏らしそうになった弥九郎の代わりに、蔵人が落ち着いた顔で答える。

「その、火薬の扱いだけでなく、薬を作る技もまた、忍びが伝えていることでございます」

　戦国の世が終わり、忍びの役目が減っていった時、甲賀の一族からも多く、医者になった者が出たことを告げる。

「医者として、大名家へ召し抱えられた忍びも、いたようでございます。甲賀には、家伝の薬も伝わっております」

　呪符の知識と、薬への理解を合わせて考え、今回の呪詛札騒ぎは大丈夫、大事にはならないと蔵人は言ったのだ。

　すると廊下にいた甲賀三人は、思わぬ言葉を返され、目を見開くことになった。

「全く忍びという者達は、危ないな。何と、薬まで扱うとは」

「はい？」

　口にしたのは、またしても兵藤だったが、他から兵藤を止める声が出なかった。甲賀達は呆然とし、寸の間、部屋が静まりかえる。

　そしてしばしの後、事を収めたのは、西之丸であった。今日の呪詛札騒ぎは無事終わったようだ、ご苦労だったと、声を掛けたのだ。

（あ、これで事は、幕引きなのか。まだ、話し終わっていないことがあるが）

　しかし一斉に全ての頭が下げられ、部屋内からほっとした声が、上がっている。弥九郎達甲賀三人も、末席にて頭を下げており、今更、新たな話を持ち出すことははばかられた。だが、何かが喉につっかえたようで、弥九郎は釈然としなかった。

　しかしその思いも、直ぐに脇にやられた。座を去ろうとした西之丸が、ふと腹へ手をやったのを見たからだ。

「今日は、腹が張るな」

　何気ない一言であった。西之丸は、具合が悪いと言った訳でもなかった。ただ、それを耳にした弥九郎は、一寸口を開きそうになり、慌てて己を押しとどめた。

（おれは今、何を言うつもりだったのだ？）

　西之丸がもし、腹痛を起こしたとしても、甲賀忍びが口出ししてよい訳ではない。

（西之丸様には、きちんとした医者が付いておられる。勿論甲賀は、薬湯《やくとう》をお勧めする役目に

はないのだ）
そんなことをしたら、毒殺をする気かと、本当に疑われかねない。絶対に、してはならない振る舞いであった。
（立場をわきまえねばならぬと、今の今、思い知ったところではないか）
西之丸の姿は、気がつくと部屋に無かった。弥九郎達三人は、目の前の部屋から、全ての者達が退出するまで、じっと廊下の端で待つことになった。

七

甲賀の三人が、城から鉄砲百人組の組屋敷へ帰る頃、暮れ六つとなっていた。辺りはぼんやりとした、逢魔《おうま》が時《とき》の曖昧さに包まれ、暮れていく道からは人が引いていく。

ただ、忍びは夜目が利くから、三人は提灯《ちょうちん》に火を入れる事もせず、夕暮れ時に現れる魔か何かのように、ふらふらと西へ進んでいた。弥九郎は打鉤を使って、塀や屋根の上を飛んで進み、友二人は、屋敷の塀や屋根を音もなく駆けていたのだ。

すると人影を見なくなった辺りで、十郎が、宙に浮いているかのような弥九郎へ、声を向けてくる。

「弥九郎、先程は良く我慢をしたな」

西之丸様へ、薬を勧めたかったのだろうと、友は言った。だが薬を出したところで、うさんくさい目で見られるのみだ。薬を飲んで貰うことは無理であったろう。

途端、木の間を飛んでいた蔵人が、強ばった声を出してきた。

「兵藤殿は、我らのことをまるで、敵方のように言われますな」

味方に欲しいと請われたので、力を貸す為、西之丸へ顔を見せているのだ。なのに。

「甲賀忍びが信用ならぬのなら、最初から声を掛けねば良いのです」

新参者を煙たがっているのだと、分かってはいる。時をかけ手柄を立てて、仲間だと認めて貰えるよう、頑張るつもりでもある。

ただ。

「疲れますな」

しかしそれでも弥九郎達は、西之丸と関わるのは止めると、言い出せない。それは、甲賀の眼前に吊り下げられた、新しいお役という褒美に、目がくらんでのことと分かっている。それだけに、自分に嫌気が差しそうで参ると、蔵人は言ったのだ。

「同感だ」

塀を駆ける十郎が、苦笑いを浮かべたのを、薄闇の中で見た。弥九郎は、四方へ伸ばした打鉤で、更に高く体を飛ばしつつ、一つ疑問を口にした。

「なぁ、今日西之丸で見つかった、呪詛札のことだが」

天井裏にあったものは、確かに紙が古かった。だが土間にあった方は、ぐっと新しいと、弥九郎には思えたのだ。

「なのに、天井裏の呪詛札の事だけ話すと、皆、早々に話を終えてしまった。嫌みな言葉を、あれ以上聞きたくなかったおれは、話し合いが足りないと思っていたのに、黙っていた」

しかし友と三人になり、他からの嫌みが降ってこなくなると、こうして話している。

「情けなさも、ここに極まるな」

弥九郎がぼやくと、十郎は、自分も同じだと言ってきた。

「色々言い足りないと、私も思った。台所にあったという呪詛札だが、芋などを入れる木箱に、隠すように貼られていた。つまり出入りの百姓か商人が、関わっているのやも知れないと思う」

だが敵方に町人もいると伝えても、書院番達や小姓組は、受け入れないと思う。武家は、正々堂々とした一対一の勝負には強い。しかし身分の違い、歳の差、おなごの姿が関わると、思い込みに捕らわれることが多いのだ。

「忍びの考えを伝えても、また嫌みが降ってくるだけと分かっていた。だから呪詛札を前にしていたのに、話せなんだ」

書院番達は、未だに吉乃の強さすら、納得していない。刀を折られ、忍び鎌を喉に突きつけられたのに、それでも兵藤は今も、おなごの吉乃を一つ下に見ているだろう。

「蔵人、やれやれだな」

「西之丸様を狙う者は、今、大きく動いておるようです。御殿の土間へ入り込むほど、側まで来ています」

甲賀は、何をなしたらいいのかという蔵人の声に、弥九郎は戸惑った。

今の甲賀は、西之丸勤めの面々から、信用されていない。何が出来るだろうか。どうしたらいいものか。弥九郎は直ぐに判じられず、打鉤を使い、ただ、天と屋根の間に漂う。

空へ大きな月が、昇ってきていた。木から木へ飛び移る時、蔵人の姿が、輝く月を横切って行く。

一瞬、一橋の若君が見たかった忍びの技とは、今の蔵人のような姿だろうと思い至った。

(若君に、求められるままをお見せできず、申し訳なかった。でも若君、忍びの術とは、闇の中にあるものなのですよ)

そして人の目には付かず、そっと、しかし大きく事を動かして行く。

今回、誰かも知れない者が、西之丸の台所へ入り込み、好きに呪詛札を貼って行けているとしたら。一つ確かな事があると、弥九郎は思い至った。

(御殿の警護が、満足になされていないということだ)

ならば、それに気づいた甲賀が、何とかしなければならないと思う。

(西之丸様に、力をお貸しすると約束した。西之丸様は、甲賀が長く長く欲しがっていたもの、明日の夢を約束して下さったのだ)

何としても守り、そして甲賀の力も示したいと願っている。本心だ。

「我らは、書院番達から疎まれておる。が、何とか働かねばならん。出来るか？」

薄闇に問えば、やるしかなかろうと、声が返ってくる。

城の屋根へ登るより、人と関わる方が、余程大変だと、身に染みて思う。甲賀が、徳川に仕えて百何十年かが過ぎている。伝え続けてきた忍びの技を集め、明日を渡っていかねばならない。

弥九郎は空《くう》で、唇を引き結んだ。

第三章

闇の中にあり

一

忍びの技は、闇の中にあるものであった。

既に戦国の世は遠いゆえ、忍び達は人目のない夜の内に、技を伝え、互いを鍛えていく。

そして夜明けが来れば、昼間見せる武士の顔になって、江戸の暮らしを続けていくのだ。

忍び以外の者には、しかと分からないのが、江戸の世の、忍びの技であった。

甲賀の忍びの末、弥九郎は、四本の打鉤を使う技を得意としている。とにかく同じ忍びの間では、そう言われていた。友の十郎は、曲玉の占いを得手とし、蔵人は指と腕の力が強く、城であっても上れると、伊賀や根来の者は言っている。

ただ……。

正直に言えば、簡単に人目に触れさせているものは、目立ち、分かりやすいゆえに、秘伝ではない。忍びとして己の生死を賭け、戦いの最後に繰り出す技は、闇の中に封じておくもの、日の光に晒したり、語ったりはしないものなのだ。

だから西之丸中奥の西にある広い庭先で、小姓組の恵吾から問いを向けられた時、弥九郎は一寸、言葉に詰まることになった。忍びの術について、西之丸の傍ら、御小座敷《おこざしき》脇から聞かれたのだ。

（忍びの技とは、いかなるものなのだ？）

弥九郎は、語るに迷うと思った。

夜の中にある闇。

見た目とは違う、見えない刃。

承知できない死を、連れてくる何か。

何とか口にしようとすればするほど、上手く言う事の叶わない、危うきもの。

どの言葉も、間違ってはいない。だが、口にした端から、言葉の軽々しさに捕らわれ、上忍の技とはずれていくのを感じた。いざ話せば、笑われる気までしてくる。

西之丸の御仁らに、それで本当に忍びなのかと笑われても、白日の下、誰もが分かるように、忍びが語られたことはないのだ。

弥九郎はその時、ふと思いついた。

（忍びの技を語るのに、最もふさわしい言葉とは、何か）

それは、沈黙という二字ではないかと考えついた。上手く伝えられないもの。分からず、摑めず、見えないものと言われれば頷く。それは、闇そのものに近いものであった。

二

　本丸御殿とは堀を隔て、南西側にある西之丸御殿は、徳川の世を受け継ぐ世子の住まいだ。よって本丸より少なめではあるが、老中、お側衆、奥医師、表坊主など、本丸で立ち働くのと同じような役の者達が、御殿内で日々働いている。

　初めてその御殿の中を、己の目で見たとき、弥九郎は目を見張った。西之丸には、本丸よりは小さいものの、表と中奥、大奥があった。基本は、同じような作りになっていたのだ。

(西之丸はまるで、本丸御殿と、本丸の御公儀を、小さめにしたもののようだ)

　そして西之丸の主はいつか、隠居を決めた将軍に代わり、本丸の主となっていく。弥九郎達甲賀の忍び三人は、西之丸、徳川家基を知るにつけ、ある思いを強くしていた。

(我らが家基様は、本丸の主にふさわしいお方だ)

　甲賀の一門が、明日と希望を託すべき方であった。何が何でも、将軍の座争いなどという不穏な噂を、乗り越えて頂かなくてはならなかった。

　なのに西之丸の台所で、呪詛の札を見つける事になり、甲賀の忍び達は、危うさに唇を噛むことになったのだ。

(呪詛を、こんな奥にある場へ貼らせてしまうなど、西之丸は警護が緩すぎる)

　早急に、手を打たねばならなかった。ただ、それが大層難しいことは、甲賀の面々にも分かってきていた。

江戸城では、それは多くの者が過ごしている。ゆえに台所で作られる食事も、並の数ではなかったからだ。

台所は、御殿の表にも、大奥にもある。そして西之丸の奥台所へも、日々、籠に山と入れられた野菜や魚などが、運び込まれていた。

（つまり御用商人という形で、結構多くの者が、そこそこ奥まで出入りしている）

おそらくその行き来に紛れ、呪詛の札も、西之丸台所の隅に現れたのだ。

（ならば我ら忍びは、どう動くべきか）

甲賀の三人は先日、癇癪《かんしゃく》と嫌みが降ってくるのを承知で、西之丸様付きの御仁へ、正直な所を伝えた。御殿の警護が緩いままだと、更に呪詛の札が増え、剣呑な者が奥をうろつくと、はっきり口にしたのだ。

伝えた相手が、たまたま書院番の兵藤であったからか、あの日、甲賀の三人へ降りかかったのは、癇癪どころではなかった。蔵人は、怒った兵藤の顔が、赤鬼のように見えたという。

「鬼の使う金砕棒が手にあったら、我ら三人を、叩き潰そうとしたかも知れませんね」

「おお、怖い」

怒りを買ったが、それでも西之丸の者へ、先に、危うい点を告げたのだ。忍び達はその後、己らも心置きなく手を打った。西之丸の警護が緩いと言い切ったからには、甲賀がその緩さを、補うことにした。

三人は西之丸台所へ顔を出すと、おかしなことがあったと、出入りの者達へ、それとなく噂を流した。呪詛の札を貼り付けた者が、もしや見つかったかと確かめに訪れてくれれば、願ったり叶ったりだ。

（台所を密かに見張っておれば、相手を突き止められる。素性も確かめられる）

弥九郎達は頷いた。肝心なのはやって来る者ではなく、その背後にいる者の名であった。


西之丸御殿の台所は、並のものとは作りが違う。屋根には、明かり取りや煙を出す所が備えられており、土間に面した庭には、屋根付きの井戸もある。建物の欄間《らんま》は、厄災《やくさい》を避ける霊獣の魔除《まよ》けまで見かける、立派な作りになっていた。

噂を流し、三日の後。事は忍び達が思ったよりも早く、動いてくれた。交代しつつ、三人が西之丸御殿の中奥、台所近くの屋根裏に潜んでいると、下の台所で、妙な動きをする者が現れたのだ。

蔵人が真っ先に、目立たぬ男に目を向けた。

「お二方、野菜の荷を持ってきた男が、籠を背負ったまま、土間の方へ行きました」

屋根裏から目を蔵人の言うほうへ向けると、大きな籠が井戸の傍らを過ぎ、土間へ吸い込まれてゆく。三人は音も立てずに追い、土間の様子をのぞき込めるところまで向かった。

ところが、そこで思いも掛けない成り行きとなり、魂消る事になった。台所からとんでもなく大きな声が、湧き上がってきたのだ。確かめるまでもない、兵藤であった。

忍びから緩い警護と言われ、腹に据えかねたのか、己で台所を見張っていたらしい。

「おい八百屋。何故こんな奥まで来ておるのだ？　木箱の裏を、何で覗《のぞ》いておる」

声が不機嫌で厳しい。八百屋は平素荷を、ずっと手前の場所へ置き、帰って行く。木箱の裏を見ていたと言うから、八百屋が確かめたのは、先日西之丸の台所に貼られていた、呪詛の札に違いなかった。

（わぁ、せっかく網に掛かったのに。兵藤殿、正面から絡まないで頂きたいっ）

弥九郎は屋根裏から下りかけて、十郎に首根っこを摑まれた。聞こえるのは、苛立った兵藤の声ばかりで、相手の声は届いて来ない。

「さて、どうしたものか。兵藤殿が、あの男を捕まえてしまうだろうか」

兵藤は、腕に覚えありと聞いていた。見逃しはしないと思うが、それでは跡を追えなくなる。

（どうしたらいい？　捕らえるのを我らが邪魔したら、敵方だと思われてしまうぞ）

十郎に摑まれつつ、更に身を乗り出し、下へ目を向ける。すると。

相手を押さえ込もうとした時、兵藤はするりと躱《かわ》されてしまったのだ。更に摑みかかると、八百屋は一歩飛び下がり、背負っていた青物の籠を、思い切り兵藤の方へ振った。

籠の底に、何故だか南瓜《かぼちゃ》があり、それが砲弾のように飛び出したものだから、たまらない。ごんという見事な音がして、南瓜を頭に受けた兵藤は、板間へ倒れ込んだ。

八百屋はその間に、土間から飛び出す。

「おや、迷いのない、素早い動きだ」

だが、跡を付けようとした時、甲賀三人はまたもや慌てた。そのまま男を逃がしてくれればよいものを、兵藤は立ち上がると、男を追ったのだ。

八百屋の姿をした男は、刀一つ帯びているようには見えなかったのに、いつの間にやら短い刀を取り出し、構える。その立ち姿と構えに、奇妙なほど見覚えがあった。

「何とあの御仁、つまり……」

弥九郎は、騒ぎ覚悟で叫ぶことになった。

「兵藤殿、そ奴《やつ》に手を出しては駄目だっ」

声が聞こえなかった筈はないのに、兵藤は腰のものを抜くと、突っ込んでいく。刃を合わせる前に、男が何かを兵藤へ、投げつけたのが分かった。

目潰しを喰らい、兵藤が身をよじったその時を狙い、相手の刃が弧を描く。

ただ、刃物は兵藤を掠《かす》めただけであった。弥九郎が打鉤を放ち、兵藤の着物に掛けると、思い切り後ろへ引いたからだ。

その間に、下へ降り立った蔵人が、庭の石を拾い、思い切り振り投げた。木の枝もへし折る一撃で、肩に喰らった男が後ろへ飛ぶ。

「余分なことをしおって」

咄嗟に一言告げると、兵藤はまた男の方へ向かう。立ち上がった八百屋は庭を駆け、蔵人達とは反対側、下見板張りの塀へと向かった。

弥九郎が、声を掛ける。

「兵藤殿、追っても無駄です」

「何を言うか。塀へ追い詰めたゆえ、捕まえてやる。話を……」

兵藤が、そう口にしている間に、八百屋は塀へ行き着くと、そこで止まらなかった。飛び上がって塀の天辺《てっぺん》へ手を掛け、一寸の間に、向こう側へ姿を消してしまったのだ。

西之丸の台所の東、塀の外は、直ぐに堀にはなっていない。駆け去る足音すら、ほとんど聞こえては来なかった。

ここで十郎が地面に耳をつけ、指で方向と、おおよその位置を友へ示す。そして拳ほどの石を拾った蔵人が、示した方へ三つ程も投げると、塀の向こうから、呪詛のような声が上がった。

「おや、あの言葉。どこかで聞いたか？」

十郎が目を見開き、先程八百屋が放ったものを拾い、しげしげと見ている。何故跡を追わないのかと怒る兵藤の前で、忍び三人は眉間に皺を寄せ、目を見合わせていた。

三

騒ぎのあった西之丸の台所は、表から荷を運び込める上、井戸端で水を使うにも楽な場所にあった。

一方、西之丸の主が、役目を離れ毎日を過ごす場は、中奥の西側、広い庭に面した辺りの、幾つかの部屋であった。

御座の間や、御休息、御小座敷などという部屋があると聞いたが、新参の忍びが西之丸へ伺っても、庭に控え話を聞くのみだ。

西之丸様の為のお庭は大層広かったので、庭で、小姓組や書院番らの話を聞けば、他の者に盗み聞きされる心配はなく、都合が良かった。

甲賀の三人は、西之丸に馴染んできていたから、門から御殿の中奥の庭へ向かうには、もはや困らなかった。ただ西之丸老中など、大勢が勤める西之丸の表へは、今も顔を出せない。表で堂々としているには、西之丸での立場と身分が必要であった。

そして、そんな身ながら、今日も西之丸へ呼び出された訳は、問わずとも分かっている。昨日、台所に現れた曲者を追わず、兵藤までも止めた訳を、これから聞かれるのだ。

「兵藤殿が西之丸様へ、話を告げたのでしょう。事情を怒らず聞いて下さると良いですね」

屋敷を出るとき、蔵人は吉乃からそう言われたらしい。弥九郎達は、苦笑を浮かべるしかなかった。

そして。驚いたことに西之丸へ着くと、忍び三人は庭ではなく、御殿内へ入るよう言われた。御休息という、西之丸の為の部屋で、皆と共に語るのだ。

もしやと思っていると、御休息には西之丸ご自身の姿があった。小姓組、書院番達の姿も揃っている。忍び達が挨拶をしたところ、まずは健勝であることを言《こと》祝《は》ぐ言葉を、西之丸から賜った。

　そして、傍らに控える小姓組の恵吾が、早々に言葉を向けてきたのだ。

「甲賀三名は、書院番達とも少しは馴染んできたようで、良きことだ。先日は、四谷御門近くで揉め事もあったようだが、大喧嘩にもならなかったゆえ、ほっとする」

　弥九郎は頭を下げつつ、畳へ向け、思わず苦笑を浮かべた。

（主は先の、書院番達と忍びのいざこざを、しっかり把握しておられるようだ）

　そして話は早々に、次の揉め事、台所の件へと移った。

「昨日台所にて、また一騒ぎあった。兵藤殿と甲賀者達は台所で、呪詛札を確かめていた者を見つけたとか。だが、取り逃がしてしまったと聞く」

　怪しき者は八百屋のなりをしていたが、あっさり塀を乗り越えると、台所脇にいた者を、庭へ置き去りにしたのだ。とても、ただの町人ではなかった。ただ。

「忍びの者もいたのだ。ならば塀を越えて追う事も、出来たのではないか」

　しかし、甲賀の三人はそれをしなかった。それだけでなく、何とか追おうとした兵藤を、止めたらしい。

「何故だ？」

　余分な言葉を入れない端的な問いが、恵吾の性分を示している。そして、わざわざ部屋内へ忍び三人を入れたのは、この問答が余所へ漏れるのを、止めたかったからだと分かった。

　弥九郎達は再び深く頭を下げた後、一番落ち着いている十郎が、まず口を開く。

「我ら甲賀は、新参であるにかかわらず、考えを問うていただけたこと、ありがたく思っております」

それで、台所に現れた、怪しき八百屋を逃がしてしまった事情だが。十郎も、短い言葉で返した。

「あの、八百屋のなりをした者は、忍びでございました」

「忍び？　同じ甲賀か？　それとも伊賀か、根来だというのか？」

問うたのは恵吾であったが、部屋にいた皆は、似たような問いを思い浮かべたらしい。するとその問いには、蔵人が、謎のような返答をすることになった。

「その、構えなどから、伊賀者かと思われます。ただ、徳川様にお仕えしている伊賀の衆とは、違う者かと」

「は？　伊賀の里から、江戸へ出てきた忍びでも、いたというのか？」

「恵吾殿、昨日の忍びは、伊賀の里の者でも、江戸の者でもありませんでした」

「では、何者だったというのだ？」

蔵人が困った顔になったので、弥九郎が隣から、正直なところを告げた。

「あの、分かりませんでした。あの忍びが口にしたのは、聞いた事のない〝お国言葉〟でしたので」

「忍びが、他国の言葉を使ったのか」

西之丸は、曖昧な答えを返した忍びに苛立つことなく、問答を続けてくれた。

「証は要らぬ、言ってみてくれ。忍び達は消えた忍びを、何者だと思っているのだ？」

今日、西之丸へ来ると決まった後、弥九郎達三人は長老達と共に、その忍びの件を話し合った。そして、まず間違いないだろうが、いささかぼんやりした答えに、行き着いていたのだ。

兵藤辺りから、文句が出てくるだろうと思ったが、忍びを逃がした弥九郎が、答えを口にする。

「昨日の忍びですが。おそらく戦国の頃、各大名家へ仕官していった伊賀者の、末ではないかと思われます」

「戦国の世を、出してきたか」

驚いた顔の恵吾が、つぶやく。部屋内がざわめき、兵藤が不審げな顔を向けてきた。

「どこぞの大名が、二百年も前の、忍びのなれの果てを、動かしているというのか」

「なれの果てとは、兵藤殿、忍びに対し、厳しいお言葉かと思いますが」

しかし兵藤はその、なれの果てに逃げられたではないかと、言いはしなかった。代わりに弥九郎は、天下統一目前、最後の決戦の日々に、多くの忍び達が伊賀、甲賀の里から、各大名家へ散っていった事実を、淡々と告げたのだ。

「甲賀一族に、その話は伝わっております。ですが、各大名家の軍に関わることゆえ、多くは表に出ておりません。大名家には、武家として堂々と、伊賀を名乗っている者もいるとも聞きます。が、人数は、しかとは分からなくなっております」

また地の忍びという者も、各地にいた。その者らが今、大名家にどれほどいるか、甲賀であっても分からない。それこそ各家の、秘中の秘だと思われた。

「そして、です。我ら甲賀が、今も技を伝えているように、忍びの技が、各大名家家臣に残っていても、何の不思議もありません」

となると、その忍び達が江戸へ現れても、おかしくはなかった。何しろどの藩主も、一年おきに参勤交代で、江戸へやってくるからだ。藩主は、国から大勢の家臣を連れてくる。その中に何人か、古の技を承知している者が混じっていても、誰にも分からないのだ。

「そういう者の一人が昨日、八百屋の姿で、西之丸台所へ来たのではないか。我ら甲賀は、そう目串《めぐし》を付けております」

つまり名も出身も目的も、今は分からなかった。だがこの話に、兵藤が納得しない。

「馬鹿を言うな。西之丸へは、誰もが出入り出来る訳ではない。忍びのなれの果てが、西之丸へ呪詛札を貼ろうとしても、無理というものだ」

だがそれには、思わぬ方から返答があった。何と恵吾が、溜息と共に口を開いたのだ。

「西之丸へ現れたのが、大名家お抱えの忍びだとしたら、だ。その者を江戸城へ送り込んだのは、藩主だろう」

臆する事なく、忍びを送り込んでくる者なのだ。つまり。

「大名であるだけでなく、高い立場の者に違いない。城中への出入りくらい、楽に何とか出来る程にな」

「あ……」

兵藤が黙り、西之丸が眉尻を下げている。そういう話を思いついたからこそ、昨日甲賀三人は、一旦、追うのを止めたのだ。

相手方が、それは大物であった場合、甲賀が勝手に動くのはまずかった。城中を深追いすると、こちらが悪人を追っていたのに、いつの間にやら、罪人扱いされかねない。

「この後、自分達はどう動くべきか、考えをお聞かせ下さい」

誰より、恵吾が直ぐに口を開いた。

「知れたこと。忍びを御殿へ送り込み、無謀な呪詛など仕掛けてきた者を、割り出すべきだ」

西之丸の安泰が掛かっているのだ。そして江戸城中に、将軍家より身分高き者など居ないと、恵吾は言い切った。

「逃げた忍びの末とやらを調べろ。西之丸様を脅かすなど、どれ程偉い家臣でも、許されるものではないわ」

徳川家基は、将軍のただ一人の男子、世継ぎであった。甲賀の三人は、深く頷く。

「我らは逃げた忍びの、なまりのある言葉を、耳にしております。どこの国の言葉か調べれば、相手方はある程度、絞れるかと」

すると、部屋内の多くが頷いたにもかかわらず、兵藤が顔を顰め、弥九郎達を睨んできた。

それから、思わぬ言葉を向けてくる。

「恵吾殿、忍びの言う事を、真に受けるのはどうかと思うが」

まるで、西之丸を狙う大名がおり、昨日の忍びは、その駒のように話しているが、本当はどうなのか。

「実は、将軍の座争いの噂話を知り、大名家に仕えている忍びの〝なれの果て〟が、勝手に動いているだけかも知れませぬぞ」

ここで次期将軍位を巡る争いに加わる事が出来れば、手柄を立てられるからだ。

「おまけに、です。昨日の忍びが、伊賀者の末だというのは、ここにいる甲賀者が言っているだけで、証はない。甲賀者だったのを、誤魔化しているのやも知れませぬ」

途端、弥九郎が目をしばたたいた。

「おおっ、忍びが己で動いたと、考えられたのですね。兵藤殿、鋭うございます」

正直に言えば甲賀は、昨夜、その事を考え、しかし可能性のうちから省いていた。主なしに動いても、世を乱す厄介者扱いされ、手柄にはならないと思われたからだ。忍びの、明日の運に繋がるとは、甲賀の皆には思えなかった。

ただ改めて言われてみれば、本当に数少ない機会に飛びついた忍びが、いてもおかしくはない。次の機会を待つ余裕がなければ、動くしかないからだ。

(うっかりしていた。兵藤殿の考えが正しい)

ここで西之丸が、他が言いにくいことを、口にする。

「大名か、勝手に動いた忍びかは分からないが、この西之丸を狙ったなら、その望みは、次期将軍を替えることだろう。将軍職を目指していると噂の者を、調べてくれ」

その誰かの使う国の言葉が、忍びが話した言葉と重なれば、台所に現れた忍びは、その配下かも知れない。頷いた恵吾が、今回の件を巻紙へ記していく。そして皆へ、落ち着いた声で言ってきた。

「この先、何か分かったら、こちらに知らせて欲しい。それから」

西之丸奥に集うおり、甲賀の三人はこの後、庭ではなく、部屋へ顔を出すよう言われた。弥九郎達は、揃って頭を下げる。

「望外のお言葉にございます」

甲賀はこの後、恵吾へこまめに知らせを入れると、弥九郎達は伝えた。

ただ、忍び達から西之丸への知らせは、思わぬものになっていく。考えもしなかった所から、事は動いていったのだ。

四

五日後、江戸城の百人番所では、甲賀の者三十人が、一昼夜の勤めを終えようとしていた。するると、次に勤める根来組の者や目付達が、番所へ姿を現してくる。

百人番所の勤めは、甲賀組、根来組、伊賀組、二十五騎組の順で行うから、甲賀組の同心《どうしん》はいつも、二十五騎組から仕事を引き継ぎ、根来組と交代することになった。つまり鉄砲百人組の甲賀者は、四日に一度、百人番所にいることになるわけだ。

そして鉄砲百人組は、二十五騎組のみ与力《よりき》二十五人だが、あとは、どの組も与力二十人、その下に同心が百人いた。よって、余分に人数が出る特別な日を含めても、実際勤めのため城へ行くのは、月の内、三日くらいとなる。弥九郎は、顔なじみの皆へ挨拶をした後、番所から江戸城内へ目を向け、眉尻を下げていた。

（勤めの日は少なく、楽なものだ。だが、そうも軽い勤めだからか、禄は三十俵二人扶持。それだけでは、暮らしてはいけぬ）

　甲賀、鉄砲百人組の面々は、細長い屋敷の敷地を耕し、更に傘張りの内職などをこなして、何とか日々暮らしているのだ。

　そんな日々だからか、甲賀の長達は、弥九郎達の西之丸通いに、明日への期待を抱いている。その思いに応える為にも、いつか西之丸付きのお役を頂きたいと、弥九郎達は真剣に願っていた。

（さて、台所から消えた忍びについて、今日も直ぐに調べたいところだ。しかし眠い。屋敷へ帰って一旦寝ないと、役に立たぬな）

　いつものように引き継ぎが終わると、早々に百人番所を出ようとした。すると顔見知りの根来組、田中が、気安い口調で声を掛けてきたのだ。

「弥九郎殿、次回の将軍御参詣のおりに、お主達三人も警護に出るようだな」

　鉄砲百人組には、番所での勤めの他に、将軍参詣の時、寛永寺《かんえいじ》や増上寺《ぞうじょうじ》の山門を、守るお役があるのだ。ただ、突然名指しで言われたので、弥九郎達は、目を丸くすることになった。

「さて、警護のお役に誰が出るか、早くも決まったのか？」

増上寺と寛永寺は、徳川家の菩提所《ぼだいしょ》なので、将軍は、歴代将軍の命日に参詣する。年に何度もあることだから、組内で順に警護役をこなしていく。だが、次は自分の番だという気がせず、十郎や蔵人も首を傾げている。

(次の参詣は、寛永寺の方だったか)

十郎はここで、次回の参詣は、何か違うことがあったかなと、それとなく田中へ問うた。根来の田中は、そういう話に耳ざとい。

「承知しているなら、話してはくれないか」

「いや、変わった話など、聞こえてはこぬ」

十郎は一寸口をすぼめると、また問うた。

「田中殿、次回寺へ行かれる御老中は、田沼様だよな？」

「ああ、御老中は、参詣者の先導役をなさるだろう」

御三卿《ごさんきょう》など随行する方々も、いつもと変わらぬ筈だという。

「そうか……」

「なんだ、今回甲賀は妙に、山門警護を気にするな。警護役が決まるのが、何やら早いと思っていたが。何かあるのか？」

ここで田中は口の端を引き上げると、山門警護について、気に掛けていてもいいと言ってくる。ただ代わりに、一回、先に弥九郎が一橋の若君へ見せた、あの凄い占いを頼めぬかと言ってきたのだ。田中の従兄弟《いとこ》が、縁談で、困っているらしい。

「どうやったら上手くいくか、是非、占って欲しい」

口調は軽いが、田中は真剣な顔をしていた。

「相手の娘御の家が、大名家の陪臣《ばいしん》なのだ。縁がなく、今ひとつ話を進めづらくてな。従兄弟には、世話になっておる。頼む」

弥九郎は、友二人から睨まれてしまった。

(やれ、先に曲玉秘伝の占いを見せたのは、失敗であった。やはりというか、こうして気軽に、占いを頼む者が出てきてしまった)

ここで頼みを承知して占ったら、間違いなく帰った後、同胞達から文句を言われるだろう。見た目に反して気短な長から、拳固を振るわれるに違いない。

(また馬鹿をしてはいけない)

弥九郎が、袖内の玉を握りしめた時、曲玉が手を弾いて、袖の内で垂れた。玉が外から見えると、占いを承知したと、田中が喜びかねない。弥九郎は急ぎ、玉を隠そうとした。

(曲玉は時々、勝手に動く。田中殿の目の前で、万一悪い結果が出たら、大事だ)

曲玉の占いは、甲賀の忍びの思いを、忖度してはくれないのだ。

するとそこで、袖内の曲玉がまた動き、それに気がついた蔵人が、横で片眉を引き上げる。

田中が十郎へも頼んでいると、どんな話をしていると思ったのか、徒目付《かちめつけ》が弥九郎達へ、すっと近づいてきた。

「甲賀の皆は、今日は随分と、百人番所でゆっくりしておいでだ。はて、根来の者達と、何のご相談かな」

職務ゆえとは思うが、徒目付や小人目付は、忍び同士が語ると、すかさず興味を示してくるのが剣呑だ。十郎が、大した事ではと言葉を濁し、話を止めると、番所の内がすっと静かになった。何事かと小人目付までが、近くに寄ってくる。

この時、弥九郎の袖内で、更にはっきり曲玉が動いた。

(あ、また曲玉に引っ張られた)

動いている者は多くいるのに、番所の内で聞こえるのは、目付達の立てる衣擦《きぬず》れや、足音くらいだ。

どちらにせよ、この場をこのままには出来ない。弥九郎は腹を決めると、甲賀と根来の忍びが集っていることを嫌でも感じつつ、徒目付の傍らへ寄った。

「あの、それがしから話して、よろしいでしょうか」

「おや、弥九郎殿が語るのか？」

徒目付が見てくる。弥九郎は、田中の従兄弟の縁談について、話を聞いていたと、小声で伝えた。

「大名家陪臣の娘御と、縁を調えたい。甲賀の曲玉の占いにて、縁が繋がらぬか見て貰いたいと、問われました。すると」

ここで徒目付を見てから、弥九郎は一段、声を落とす。

「実は、徒目付方が現れると、曲玉がぐっと、御身の方へ引かれ申した」

「は？　弥九郎殿、どういう意味だ？」

田中が目を丸くしているが、実は弥九郎にも、徒目付が縁談に関わってくる意味など分からない。諸役人の内偵などを行うお役だから、いささか煙たい者であり、縁談の取り持ちなど、頼むべき相手とも思えなかった。

すると興味が湧いたのか、当の徒目付が、田中と話を始める。

「従兄弟殿が縁を求めておる相手は、いずこの娘御なのだ？」

田中は正直に大名家や、相手の名など伝える。するといつもは、しかめ面が着物を着ているかのような徒目付が、明るく笑い出した。

「驚いた。甲賀の占いとは、面白いものなのだな。役に立つわ」

「あの……」

田中と弥九郎達が、揃って戸惑っていると、徒目付は、自分が縁談の仲立ちをしようと、いきなり話してきたのだ。

「相手方の陪臣だが、妻の妹の嫁ぎ先の、親戚だ。間違いなかろう」

「何と、驚きました」

「そう近い縁ではないが、縁談を伝えるくらいは出来るだろうよ。動いてもよいが」

「おおっ、是非、是非っ」

田中と徒目付が、一気に縁談の話し合いに入ったので、勤め明けの甲賀の三人は、ほっと息を吐いた。そして、徒目付に付いてきていた小人目付へ挨拶をすると、その場をそっと離れていった。

百人番所の外、江戸城内では、いつもの通り武家達が行き交っている。門を目指して踏み出したところ、横で蔵人が天を仰いだ。

「何とか徒目付殿に、余分なことを言わずに済みましたね。いや、そもそも目を付けられるとは、失態ですが」

十郎は、いささか渋い顔になった。

「弥九郎、最近、曲玉の占いを使いすぎだ。田中殿はきっと、また占いを頼んでくるぞ。まずかろう」

「済まん、上手い躱し方ではなかったな。占いと聞き、玉を気にしたら、勝手に動いてしまったのだ。そんな事が、増えてきておる」

「屋敷へ戻った後、長がお叱りになるぞ」

頷くと、とぼとぼと組屋敷へ戻ることになる。昼間ゆえ、忍び三人は屋根を駆けゆくことも出来ず、半蔵門から四谷御門を目指し、大人しく歩いていった。

今日も両側にある町人の町は、賑やかだった。組屋敷にはもちろん、顔見知りの振り売りが、顔を見せる。だが、何か別に欲しいものがあるときは、勤め明けの帰宅時に購《あがな》う事が多かった。

「姉から、筆を頼まれております」

蔵人が途中、身軽に店へ消え、いつもの品を手にして戻る。十郎は紙を買い、弥九郎は振り売りから、餅菓子を少し購うと、甘いものが好きな母への土産だと言って笑った。

そして質素倹約を心がけていても、やはり暮らしていくには、金が必要だと続けた。

「明日の夢を見られるお役に、就きたいものだ。頑張らねば」

ただ、屋敷へ戻った後の事は、弥九郎達にとって、いささか考えの外《ほか》になった。

忍びの組はどこでも、最も上に一人、組頭がいる。だが役高三千石、江戸城中では菊の間詰めの大身旗本だから、同心がちょいと目通りし、日々の間抜けを話すことなど、できはしない。弥九郎達忍びが集うのは、八十石の与力で上忍の一人、大野義郎《おおのよしろう》の屋敷が多かった。

よって今日もまず長の屋敷へ行き、田中と徒目付の件を知らせた。すると占いの件で、弥九郎は一応叱られたものの、最初長は、大して不機嫌にもならなかった。

（はて？　どうしたことか）

代わりに長は、参詣の警護役に、突然弥九郎、十郎、蔵人が就く事になった事を気にし、直ぐに他の頭だった者を屋敷へ呼んだ。そして皆は、自分達の勤めが動いた事情を、若手三人が摑んでいないことを知り、嫌みの山を降らせてきたのだ。

「お主ら、根来の田中殿から教えられなければ、次回、自分達が警護役に加えられる事すら、知らなかったのか」

根来の者が、今頃笑っていようと言われ、情けなさに頭が畳の方を向く。

「それで？　何と十郎は、田中殿を再び頼り、他に誰が警護のお役に就くのか、聞こうとでもした訳か。だが上手くいかず、縁談を占う羽目になったと」

頭達は首を横に振り、苛立ちを含んだ言葉は、蔵人へも向かう。

「蔵人も共にいたはずだが、間抜け二人の傍らで、何をしていたのだ。馬鹿をした同輩の尻拭いも出来ぬのでは、吉乃の方がましだと言われてしまうぞ」

以前から、何度もそれを言われてきた為か、蔵人が一寸、顔を強ばらせる。長が、ここで十郎の父勝馬《かつま》へ、次の警護へ出る筈だった、甲賀者の名を問うた。

「やはり十郎達は、次の番でも、その次でもないか」

誰かが今回の参詣へ、強引に三人を加えたに違いない。そうなると誰がやったのか、訳は何か、どうやったらそんな無理がなせたのか、疑問が三つ並ぶと長は言う。

「上様の参詣には、確か御老中も、御三卿も、同行なさるよな。他にも随従の方々はおられようし、行列の警護は大層厚い筈だ」

一方、鉄砲百人組の勤めは、参詣の時に通りかかる、山門の警護なのだ。

「甲賀者が三人入れ替わったところで、寛永寺への上様参詣で、騒ぎが起きるとは思えん」

それでも誰か知れぬ者が、弥九郎達を参詣の警護に加えた。その訳は……。

「分からんなぁ」

長も頭達も、口を尖らせる。だが。

「事に、西之丸様が関わっているのは、確かだろう。この三人が、あのお方の所へ通うまで、こんな妙なことは起きなかった」

長達の目が、輝いてくるように見えた。日がな一日、番所で座り、地味な警護を続けていた甲賀の日々が、変わってきていた。

「将軍の座を争う故の騒ぎとなると、関われる者は限られる。そうだな、一橋家、田安家、それに御三家筆頭、尾張徳川家の争いか？」

「ならば事情を探る為、甲賀者を出そう」

久方ぶりに甲賀の先々を賭けた、本物の、忍びの仕事をするわけだ。

「余分の働きで余禄は出ぬが、やりたがる者は多かろうさ。くノ一達も出すか？　ああ、戦ではない働きだ。役に立つわな」

それから長は、弥九郎達三人を見ると、嫌になるほど軽く言ってきた。

「他にやりようもない。警護の件では、相手の考えに乗ってみるしかなかろう」

わざわざ参詣の警護に、この三人を加えたのだ。そんな手間を掛けたのだから、相手は何か、仕掛けてくるだろう。その内嫌でも相手の望みが、分かるだろうと言う。

ただ。ここで長は、にたりと笑った。

「こちらは忍びなのだ。手玉に取られ、相手方に好き勝手を許すなど、承知出来ないぞ」

何が起きようと、絶対に、相手方だけの利で終わることは、認めないと言うのだ。

「誰が、何故、何を狙って要らぬことをしてきたか。他の忍びが摑めずとも、お主達は訳を摑め」

甲賀が役立たずだと、他からそしられることは、許されない。長から念押しされ、若い忍び三人は、顔を強ばらせる事になった。

五

四日後の、まだ早い刻限、百人番所から帰った次の勤めの者が、弥九郎へ文を預かってきた。根来の田中からだったので、近所に住む友二人を呼び、急ぎ屋敷で読む。すると文は、まず、礼の言葉から始まっていた。

〝徒目付殿は大名家の陪臣へ、従兄弟との縁談を、持って行って下さった〟

御家人からの突然の話に、相手の家も驚いたようだ。だが、相手は大名家の家臣の中でも、江戸に住み続けている、江戸定府の者であった。それゆえ単身でなく、一家で大名家の内に暮らしていたのだ。

娘御も江戸の生まれ育ちだったから、この先も江戸で暮らすのは悪くないと、話が進み出したらしい。

「おお、良かった。田中殿も、徒目付殿も、喜んだだろう」

弥九郎達が頷いていると、田中は文の続きで、思わぬことを語った。縁談の礼について、書いてきたのだ。

〝恩を感じておる。参詣の警護が変わった件だが、知っている事を話そう。実はあの件、根来の組頭の、用人から聞いたのだ〟

三千石の旗本の、直ぐ側にいる者であった。傍らに座った十郎が、大きく頷く。

「その御仁が、田中殿が諸事に詳しい、話の元のようだな」

〃その用人の話によると、自分より先に、根来の組頭が、十郎殿らが参詣の警護に就く話を、知っておいでだったとか〃

大身旗本が他の組の、三十俵二人扶持、同心の勤めを承知していたのだ。用人は、同役である、甲賀の組頭から聞いたのだろうと考え、珍しいことだと思った。よって田中へ、他の話のついでに、事を伝えてきたという。

〃それでだ。甲賀では組頭が、山門警護の役目に口を挟むことが、今まであったか〃

根来ではないと、田中は書いている。いつにないことを組頭がする意味も、分からない。ならばだ。

〃誰ぞが、お役を替えるよう、組頭へ指示したのかも知れん。だが……鉄砲百人組組頭へ指示出来る立場の者は、多くはない〃

組頭は大身と言われる、三千石の役高なのだ。上にいるのは幕閣の要職、若年寄であった。その若年寄に何か言えるとしたら、幕閣では、老中その人しか残っていない。

〃幕閣の若年寄、御老中が、鉄砲百人組の同心の勤めに、首を突っ込むなど考えられぬ。ならば誰が何で、お主達の勤めを動かしたのか。それがしには未だ、分かっておらぬのだ〃

従兄弟の件を占う事、直ぐに叶えてもらったというのに、申し訳ない。田中はもう一度感謝を書き記すと、文を結んでいた。

弥九郎達三人は、小さな庭に面した部屋で顔を見合わせると、唇をひん曲げる。

「組頭様が、我らの役目を動かしていたのか。そりゃ簡単に、日を移せるわけだな」

「しかし、甲賀の勤めを動かしたなら、鉄砲百人組の長へ、一言伝えて下さっても良かろうに」

　どうも縁の薄い組頭だと、十郎が溜息を漏らす。甲賀者には違いないが、立場が違いすぎるからか、もはや何を考えているのか、さっぱり分からなかった。

「長達にも事情を伝えておこう。きっと親父様達は、酒片手に、組頭への文句を山と言うな。良き気晴らしだ」

　頷いた後、三人はすっと声を潜め、目を見交《みか》わす。

「もちろん文にて、諸事を伝えてはいるが。この話は西之丸様へ直に会って、お知らせしておいた方が良くはないか？」

　同心の勤めに、横やりが入ったのだ。それをなしたのが組頭であろうと、若年寄であろうと、老中だろうと……平素は、関わりを考えられない相手であった。

　唯一、三十俵二人扶持と老中、若年寄を繋ぐ糸があるとすれば、それは甲賀と、西之丸との縁に違いない。

「文を出すより良かろう。うん、違いない」

　とにかく、西之丸へ行くことだけは決まり、三人は顔を見合わせる。そして共に大きく頷くと、今日の内職、傘張りは無理と承知して、いそいそと城へ出かける支度に掛かった。

事が急に動いたのは、将軍参詣の勤めに出る、前日のことであった。

「弥九郎は、急ぎ、長の屋敷へ来るように」

昼前、使いに呼ばれて行くと、弥九郎、蔵人、十郎だけでなく、他にも忍び達が顔を出していた。

（おや、吉乃殿までいるぞ）

挨拶の後、部屋に並んで、何事かと顔を向けると、長は上座で、何故だか唇を尖らせてから、用件を告げてくる。

「あのな、十郎達三人は明日、上様参詣の警護へ出てもらう筈だった。だが、その心づもりは、ちょいと早まることになった」

先程、組頭の用人が訪ねて来て、長へ、今朝方起きたことを告げていったのだ。それによると、寛永寺の門近くに、首を落とされた軍鶏《しゃも》が、捨てられていたらしい。弥九郎は目を見張った。

「軍鶏、でございますか」

「珍しい鳥じゃないし、猫に襲われたと思いたい所だが、違う。分かりやすく、刃物でばっさり胴を切った上で、首を落としてあったとか」

しかも三羽捨ててあったから、誰かがわざと首を刎《は》ねたのは、間違いようもないという。おかげで参詣をする道に、大分血が散っており、門前町の者が慌てて始末をしたらしい。

そして問題は、今宵《こよい》であった。

「明日、上様が参詣なさる時、血が道に飛んでたら、不吉だと騒ぎになる。首のない軍鶏を、行列が来る直前に、道へ投げ捨てる輩がいたら、それこそ大事になる」

よって。長は弥九郎達三人へ、新たな勤めを告げてきた。

「組頭はお主ら三人に、参詣当日の警護ではなく、今宵、寛永寺門前近くを見回る役を、命じられた」

一晩、寛永寺近くの参道にいて、怪しげなことがないか、確かめる役目だ。明日、行列の先導役の前にいる、警護の者が現れたら、お役目は終わるという。

「夜の警護役は道沿いに、他にも出るようだ。だが、参詣の道は長い。門前辺りを見張る役は、お主達三人のみになるだろう」

長は、天井へ目を向けてから言った。

「突然、警護役に選ばれたと思ったら、今度は勤めが夜に変わった。誰だか知らぬが、最初から三人を、夜の中へ呼び出すつもりだったのだろう」

ならば今日の夜は、寛永寺の門前が騒がしくなるだろうと、長は考えていた。

「夜中、人気《ひとけ》のない所で会おうっていう相手だ。甲賀を好いているとは思えないな」

長は、甲賀で上忍と認められた三人を、なめているのかと、首を傾げる。

「だがひょっとすると、大人数で現れるのかも知れん。よって甲賀も、それなりの備えをする気だ」

なに、夜の中であれば、近くに潜んでいても、忍びが見つかることなどまずない。

「我ら以外にも、参道へ人を出すのですか」

十郎が驚き、組頭の指示かと問うと、長は首を横に振った。

「あの組頭へ何か言うと、話が別の所へ伝わるかも知れんからな。下手すると、弥九郎達が苦労する事になりかねん」

先程屋敷で、その話を漏らしたところ、甲賀者達が畑と内職を放り出し、昼間から出て行きそうになったので、長は慌てたという。

「やれやれ。国盗《くにと》りの合戦を、する訳じゃないのに、張り切りすぎだ。おれは止めるのに苦労したぞ」

ただ、組頭が承知していない勤めだと、小遣い銭にもならない。それで今宵は、長や頭だった者達が、ただ働きをしようと思ったらしいが、若手が、年配者にそんな無理はさせられないと、大勢言ってきたようなのだ。

「傘張りや番所の勤めは、そんなに熱心じゃないのにな。たまにはおれ達に、楽しそうなことを、回してくれてもいいと思うんだが」

「長、忍びの勤めは、楽しそうなことじゃございません」

十郎の父勝馬から、ぴしりと言われ、長が小さく舌を出している。

(甲賀は、組頭だけじゃなく、長もちょいと……かなり変わったお人だよな)

忍びは一門での縁組みが多く、甲賀者も、組屋敷の内に親戚が山といた。長とて弥九郎の、母方の伯父に当たるのだが、今ひとつ人柄が分からないお人だと思う。

するとここで、部屋の横手に控えていた吉乃が、長へ声を向けてきた。

「長、甲賀者が、夜の支援に出るのはいいとして。弟達が出かける前に、調べに出た者が掴んだ事を、話しておきたいのですが」

「あ、そうだったな。うん、伝えとくれ」

また軽く長が言うので、何の話か問うた所、甲賀は、徳川吉宗の血筋から出た、御三卿の一橋家、田安家、それに御三家筆頭、尾張徳川家の調べをしていたと、吉乃が言う。

「蔵人は、西之丸様が一人っ子ゆえ、将軍の座争いに、巻き込まれているのではと、心配しておりました」

今回、弥九郎達三人が、いつもと違う勤めに駆り出されているのも、その争いゆえかもしれないのだ。

「将軍の座に就ける家は、そもそも限られます。で、将軍を出せる家の中でも、この三家が関わるのではと話が出ました」

するとまず、一橋家を探ったという忍びが、口を開く。三人もいたので弥九郎は驚いたが、その人数を生かし、上手く一橋の屋敷へ入り込んだという。大名家の出入り先を得ようと、振り売り達が競っているように見せ、上屋敷の台所へ、青物や漬物を持ち込んだのだ。

「一橋様のお屋敷は、明るい様子でした」

探りを入れると、殿様も若様も健勝らしく、屋敷内はのんびりとしていたという。

「屋敷では、これという事が掴めませなんだ。それで、伊賀や根来からも噂を集めたところ、一つ、引っかかったことがございました」

今の老中、田沼と一橋が、仲が良いか悪いか。その判断が忍びの間で、真っ二つに分かれていたのだ。

「大層良き付き合いだと言う者もいれば、腹の底の考えは、互いに、決して言わぬだろうと、語る者もおりました」

一橋当人でなければ、本音は分からない話で、一橋家の調べはそこで終わったという。

「興味は湧く。その話、これからも気に掛けていてくれ」

長が語り、次に田安家の話になった。

田安家に関わった忍び達も、三人だ。だが屋敷へは、入り込めなかった。それで、田安家へ奉公していた者を突き止め、話を聞き出すことになったという。

「今、お屋敷に気楽な様子は、微塵《みじん》もないとの話でございました」

大声では語られないが、事情を知る者は結構いるという。それで、話して貰えたのだ。

「以前、田安家の若君が、陸奥国白河藩へ御養子に入られたとか」

この時若君は、大名家へ養子に出たので、先々将軍になる立場を失った。田安家にとって、余り嬉しくない話が、なぜまとまったのか。忍び達は調べていた。

「その養子の件には、色々あったようで」

養子の話が出た当時、田安家では家を継いだ兄に子がいなかったので、弟の若君を、養子に出したくない意向だったという。にもかかわらず、老中であった田沼意次《おきつぐ》が仲立ちとなり、何故だか白河藩へ、養子に行く事になった。

そしてその後、更に一騒ぎあったらしい。

「まだ若君が田安家におられる内に、当主の兄上様が亡くなったのです。弟君に田安家を継がせたいと、田安家から御公儀へ、願いが出されたと言います」

だが。

「田沼御老中が、認められなかったそうで」

養子に行く話は、動かなかったのだ。

「えっ、それは御老中が、どうにか出来る事なのか？」

部屋内の忍び達がざわめく。老中の権限なのか、他に訳があったのか。話を聞き出した相手の奉公人は、事情を承知していなかった。そして。

「田安家には今、当主がおられません」

若君が、養子に出されてしまったからだ。

「主がいない家など、成り立つのですか」

弥九郎達が魂消ると、調べた忍びも分からないと、首を振っている。とにかく田安家は、将軍職を争うどころではなかった。

「やれ、田沼様の名、よく出てくるねえ」

長がつぶやき、そこで田安家の話は、一旦終わった。

そして次は吉乃達くノ一が、少し前へ、進み出てくる。尾張徳川家のことは、くノ一が語る事になったのだ。江戸に藩邸が集まっていると、方々の藩を調べるのに都合が良いですねと、吉乃が笑っている。

「尾張徳川家の上屋敷は、市谷《いちがや》にございます。それはそれは広いお屋敷ゆえ、藩士も多く、簡単には入れません。その上尾張藩には伊賀者がいるという話で、屋根から入るのも剣呑でして。それで」

　吉乃達は最初から、上屋敷へ入ることは、諦めていたという。その代わり器量好しのくノ一、二人で、尾張家出入りの小間物屋へ向かい、手代から色々話を聞き出したそうだ。

「大層素直な手代さんで、沢山話して下さって、助かりました」

「ははは、吉乃も、その従姉妹の加乃《かの》も、綺麗だからねえ」

　話が出来て、手代は幸せだったろうと長が言い、二人は笑っている。だが、二人が伝えてきた話は、笑えるものではなかった。

「実は尾張徳川家も、今、次期将軍職を争うどころではないと申し上げます」

　皆の目が、吉乃達へ集まる。二人は時々代わりつつ、語っていった。

「尾張徳川家は近年、ご当主のご長男、治休《はるよし》様、そしてご次男の治興《はるおき》様を、亡くしておいででした。藩主の和子は、そのお二人のみだったそうです」

「おや、お気の毒に」

　長の言葉に、二人のくノ一は頷いた。ただ。

「お二人とも、二十一で亡くなったとかで、少し気になりました。幼い時は、命を落としやすいものですが、そんな年頃は過ぎておいででしたので」

兄弟共に、流行病で亡くなったという。

「ですが同じ時の流行病ではなく、弟君は、兄君が亡くなられた三年の後、身罷《みまか》られたそうです」

どちらにも許嫁がいたそうだが、嫁取りの前で、まだ子はいなかった。弥九郎はふと、西之丸で、何度か語られていた話を思い出した。

（西之丸様は、そろそろ嫁御を迎え、お子を得られる歳になってきている。これから実際、子を得て、ただ一人の跡取りの立場から逃れるまでが厳しい）

尾張藩主には、二人も元服した男子がいたのに、どちらも子を得る前に、失ってしまったのだ。吉乃は、西之丸と似た年頃の甥《おい》、治行《はるゆき》が、尾張徳川家へ養子に入ったようだと言った。去年の話だ。

「ですので、今、尾張藩の上屋敷では、御養子が健やかで、奥方を迎え、跡取りを得られることを、願っておいでだとか」

将軍職よりまず、藩の安泰を望んでいるようだと言われ、忍び達は頷く。そして田安家と尾張徳川家は、西之丸と敵対する相手から、外されることになったのだ。一橋家とて怪しげな所はなく、弥九郎は、深い溜息を漏らしてしまった。

そして、つくづく思う。

（家の存続とは、本当に難しいものなのだな。気合いを入れ直し、西之丸様をお守り申し上げ

なくては）

更に、この後のこと。

尾張徳川家の災難は、藩主の長男、次男を失っただけでは、終わらなかったのだ。尾張藩はこの後、養子にした甥、治行を亡くし、その子供五郎太《ごろうた》をも失う事になった。

そして更に、その後養子にした甥の勇丸《いさまる》まで亡くしてしまう。尾張徳川家は、男系の血筋を、失ってしまったのだ。

その上、次の養子に迎えた、将軍徳川家斉《いえなり》の子、敬之助《けいのすけ》をも早くに亡くした。

その後、女系で家の血を引く一橋の若君、斉朝《なりとも》が養子に迎えられた。そして、この斉朝は無事、尾張藩十代藩主となったのだ。

ただ徳川御三家の内、筆頭の尾張徳川家だけは、ついに将軍を家から出さなかった。

六

弥九郎達三人は、寛永寺で夜の勤めをする為、昼餉《ひるげ》の後、少し早めに甲賀の組屋敷を出た。

軍鶏の騒ぎには、誰ぞの思惑が絡んでいる様子で、甲賀の三人を呼びつける為のものに、違いないと思う。

だが、もしまた軍鶏の血が道を汚せば、参詣の行列を止めかねないのも本当だった。警護は鉄砲百人組の、真っ当な勤めゆえ、三人は昼間の内に、山門近くを見回っておく事にしたのだ。

堀川を使い、上野《うえの》、寛永寺へ行き着くと、総門へと続く、下谷広小路《したやひろこうじ》が見えてくる。弥九郎は通りの賑やかさを見て、一寸笑みを浮かべた。それは広い道に、数多の参拝者達の姿があった。

そうした参拝客達が、余程良き商いをもたらすからか、広小路の両側には、瓦屋根の二階建て、立派な商家がずらりと並んでいる。道を横切る川には三枚橋《さんまいばし》が架かり、近くには飴売《あめう》りや土産物屋などが出て、多くの者が楽しげな顔でのぞき込んでいた。

「今日もこの地は賑やかだ。寛永寺で警護の仕事だと言ったら、羨ましがられるわけだ」

蔵人が言うと、今日の勤めは、人の居なくなった夜が本番なんだがと、十郎が苦笑を浮かべている。

夜のとばりが下りてしまえば、広大な寛永寺の中は、触れれば掴めそうな程に濃い、闇に包まれるのだ。山内は谷中門、清水門、黒門、御成《おなり》門等々、全ての門が閉められ、参詣人もいなくなる。夜間寛永寺は、山内の道をゆく事すら出来ない、閉ざされた場となった。

提灯を点《つ》けても、その小さな明かりなど闇に包まれ、下谷広小路の反対側すら、照らせそうもなかった。

「今日は月が出る日だが、空に雲がある。星明かりすら望めなかったら、それこそ、目の前の店の場所すら、分からなくなろう。特別に夜目が利く忍びでもなければ、一晩、勤めを行うのは難しいだろうな」

そんな中、誰がここへ来るのかと、十郎は落ち着いた様子で言っている。弥九郎達は警護の者だと名乗り、何軒かの店へ顔を見せ、軍鶏の話を聞いていった。軍鶏のことは、三枚橋近くの、どの店でも承知していたが、最初の三羽以外は見ていないという。

次に三人は、軍鶏が転がっていた場を見て回った。気がつくと、今宵、支えてくれる甲賀者が、町人の格好で近づいてきて、血のあった場を示し、さらりと離れて行った。三枚橋の手前、下谷広小路に二羽、その奥、黒門との間に一羽、落ちていたらしい。

「黒門の方にも、軍鶏はいたんですか。あそこは確か、寛永寺の総門ですよね」

ただ、その横に並ぶ御成門共々、これだけの大寺院の総門の割には、簡素に見えた。門は、重厚感のない冠木門《かぶきもん》なのだ。

「そうだよなぁ。ただあの黒門なら、閉まってても出入りは簡単そうで、ありがたい」

弥九郎達の警護の受け持ちは、町家や武家屋敷がある下谷御成街道から、寺の総門である黒門までだ。

だが今宵、何か起きるなら、動きが取りやすい総門の内かも知れないと、弥九郎は考えていた。

(やれ、まだ先は長い)

一晩の勤めゆえ、忍びに伝わる食、兵糧丸《ひょうろうがん》を持ってきてはいたが、暮れる前に、門前町で夕餉を取っておくことにする。これから決戦だからと己に言い訳をし、三人は近くの石焼き豆腐の店へ入り、はりはり汁を添えて頼んだ。

「今夜、何の働きもなかったら、贅沢をしたと言われるだろうか」

弥九郎が汁を手に、苦笑と共に言う。すると十郎は、間違いなく、嫌と言うほど鬱陶しい事が起きるから、大丈夫だと言い切った。

途端、蔵人が目を丸くする。

「えっ？　もしかしてこれからのこと、曲玉を使って占ったんですか？」

十郎が答えを得ているのであれば、逃れようもない。

「だが珍しいですね。勤めを占うとは」

すると友は、屋敷を出る前に、曲玉が手の中で、勝手に浮き上がってきたと言った。

「曲玉は時々、勝手に動く。弥九郎も先に、苦労していたな」

そう言うと、豆腐や飯を前に、十郎がそっと手を開いて見せてくる。

いつの間に握っていたのか、掌《てのひら》の上に曲玉があった。玉はほんのり輝いており、僅かに浮き上がっている。

「十郎、食事時に、曲玉を浮かせる奴があるか」

「ここのところ、時々浮いてしまうのだ。おかげで要らぬものまで目の内に見えてきて、困ってる。今も、暗い中に湧いて出る影が、おれには見えている」

今晩敵方は、倍の人数は来ると、友は当たり前のように口にした。

「うわぁ、参りましたね」

言葉とは裏腹に、平気な調子で蔵人がつぶやく。

十郎が曲玉占いの使い手だと言うと、ほとんどの者は、占いを当てる事が、人よりも上手いのだと勝手に思い込む。だが十郎が使う曲玉の占いとは、そんな平穏なものでなかった。

(曲玉は十郎の、三つ目の眼となるのだ。これから起きる少し先のこと、過ぎ去った少し以前のことを、まるで目の前のことのように見せるらしい)

例えば戦いの最中、誰がどう斬《き》りかかってくるか、十郎には分かる。分かれば訓練を積んだ忍びが、斬られはしない。曲玉を手にした十郎へ、嘘をつくのも無理だ。何をやったのか、三つ目の眼に見抜かれてしまう。

(怖い力だ)

甲賀で曲玉占いをする者は多いが、こんな曲玉の使い方が出来る者は、他にいない。この才が今の十郎を、江戸の甲賀者、三傑の一人と言わしめているのだ。弥九郎はこの友と戦うなど、ご免であった。

(なのにわざわざ、夜、十郎を引っ張り出した奴がいる。知らぬとは怖いことだ)

相手方が、こちらを見くびっているだろうことは、ありがたくもあった。もし今日、門が閉まった後の寛永寺へ来る者がいたら。何者なのか、どうして要らぬ事をしてきたのか、知らねばならないからだ。

「やれ、どういう用があったら、我らと真夜中に、真っ暗な所で会おうと思うのかね」

草臥れる話だが、一つだけ、たまの贅沢である汁や豆腐が、それは美味《うま》かったことはありがたい。残りを腹へ入れ、開いた窓から店の表へ目を向けると、そろそろ日は黄味を帯びてきている。
（もう少しすれば、帰りを急ぐ人の流れが、この店の前を過ぎて行くんだろう）
そして寛永寺の門前に、参拝者のいない夜がやってくるのだ。

七

暮れ六つが夜を連れてくると、東叡山《とうえいざん》寛永寺の辺りは、すっぽりと闇に包まれていった。三枚橋の手前に立てば、黒門の先に見える建物、吉祥閣《きっしょうかく》が、巨大な黒い塊のように思えてくる。

寛永寺は、広大な広さを誇る寺だから、堂宇はそもそも広い境内《けいだい》に散っており、その間に明かりなどなかった。境内の直ぐ西に、それは広い不忍池《しのばずのいけ》があったが、そこにも、夜商いの灯すら見えない。門前町の店も、寺の門が閉まり参詣の人が姿を消すと、見事に大戸を閉めていた。

弥九郎達三人は、三枚橋の端辺りにいて、さて、提灯に火を入れるべきか、いささか迷っていた。警護役なら、提灯を持っているべきかと思うものの、いざ曲者が現れた場合、邪魔になる。

結局、蠟燭《ろうそく》がもったいないので、点けずにいようと決めた時、弥九郎達は提灯を手放し、その場から消えた。

（瓦を踏む音がする。何と御店の屋根の上から、何者かが近づいてきたぞ）

咄嗟に地面へ耳を付け、足音で寄ってくる速さを計ると、顔を顰める。雲がおおう夜空の下、屋根を駆けてくる者達が、ただの武士だとは、とても思えなかった。

（そういえば吉乃殿は、尾張徳川家には、伊賀者の末がいると話していたな）

調べれば数多の藩に、甲賀者、伊賀者、そして土地の忍びなどが、暮らしている筈であった。その内の幾人かが、今日、この闇の内に来るというわけだ。

その者らは前日に、わざわざ軍鶏の首を落とし、夜、三人の忍びに警護をやらせるよう、仕組んでいる。

（相手も忍びのようだ。伊賀、甲賀の末であれば、構えを見れば分かるだろう）

今日、知るべき事の、半分は早々に承知出来るわけだ。そして後の半分……どこの誰が事を起こしたかは、大層分かりづらくなった。

忍びであれば捕らえても、仲間が危うくなるようなことは、白状などすまい。弥九郎は、後で忍びを締め上げる役など、ご免だと考えつつ、三枚橋近くの店の間に潜んだ。

（ならば、どうする？）

僅かに音がし、頭上の屋根をゆく姿が、目の端に入った。夜の底から十郎、蔵人へ、指で考えを伝える。

その時だ。屋根の上から己を目指し、影が飛び降りてきた。弥九郎は打鉤を放ち、反対に上へ飛び上がって逃れる。

「あっ」

まさか二階の屋根へ消えるとは思っていなかったのか、慌てたような声が、細い路地の底から聞こえた。

（声は居場所を示す。あいつ、まだ若いな）

己の歳を棚に上げ、地面へ目を向けた時、蔵人が路地から走り出るのを見る。その背へ黒い影が迫り、弥九郎は片眉を引き上げた。途端、影の方が倒れ込んだ。

（十郎がやったか。蔵人はわざと釣ったな）

だが捕まえはしなかったようで、まだ現れて間もない敵方は、何とか起き上がると、ふらつきつつ場を離れてゆく。

町家には、先程顔を見せた甲賀の仲間達がいる。逃げた者の跡をつけ、何者かを知る役は、そちらに任せることになっていた。

（さて、あっさり分かればいいが）

しかし、考えにふけっていると、他にも気配が迫ってくる。弥九郎は眉を顰めると、打鉤を繰り出し、町屋の屋根を端まで進んだ後、地へ下りた。そして友らが追えるよう、足音を幾らか残しつつ、黒門へと駆け出す。

弥九郎達が、寛永寺の境内に場を移せば、夜の中に湧いて出た忍び達も続くはずだ。

（先程、忍びが飛び降りた時の音や、声を、店の内で聞いた者がいるかも知れん）

忍び同士で争うとなれば、音を立てないことばかり考えてはいられない。ならば町家から遠ざかり、黒門の内へ入ってしまう方が、気が休まった。

広い道の両側に店が連なる、寛永寺門前の眺めは、三枚橋を渡った先も続いている。だがそれも、黒門、御成門の並びまでなのだ。境内は、寺社奉行の受け持つ場であった。その先で少々騒ぎが起きようが、町方が駆けつけてくる恐れはない。

黒門の横木に打鉤を引っかけると、走り抜けるかのように上を飛び越え、境内へと入った。弥九郎は、広い道の正面にある、吉祥閣を見つめた。

さすがは寛永寺と思えるもので、二階建ての堂宇は、重量感のある立派な構えを見せている。

一階は建物中央が、通り抜けられるようになっており、二階は手すりの付いた外廊下が、ぐるりと建物の周りに巡らしてあった。高く構えた建物は、忍びが駆け回っても、びくともしそうになく、しかも夜、御坊達が寝泊まりするような建物とも思えない。

(ここならば、刃物で打ち合っても大丈夫だ)

頷いた所で、友二人が両脇にくる。

「相手方、五人です。一人、去りましたので」

蔵人の声の後、十郎が囁《ささや》く。

「伊賀の末、だろう。だが弥九郎、内の一人は、他流に思えた」

「戦国が終わって、二百年は経っているからな。相手方の国では、地の流派が混じっているんだろう」

「私は二階へ上がります」
蔵人が楼閣《ろうかく》の柱へ手を掛け、あっという間に、屋根へ上がっていった。弥九郎は打鉤を、更に上へと飛ばし、一番上の屋根へと移る。

するとじき、下から僅かな声がして、先程現れた者達が、楼閣へ来たことを知った。鉤が引っかかる小さな音も聞こえ、打鉤使いは、相手方にもいると分かった。一番上の屋根に、人の影が現れて来たのは、弥九郎が思っていたより早かった。

打鉤の一本を、その影へ向ける。避けられた所で、後ろからもう一人現れ、弥九郎は屋根の一番高い辺りへ飛んだ。今のところお互い、腕試しという様子であった。

(いや、もしかしたらこの対峙自体、互いの忍びの力をみる、お試しなのかも知れない)

それが、今宵の目的でも驚かない。いや、本当にそうかも知れぬと、楼閣の天辺で思いついた。

そもそも、各大名家の国内ではいざ知らず、この江戸で、自国にいる忍びのことを語る武家の噂を、弥九郎は聞いたことがない。武を余りに誇ると、徳川に二心ありかと、疑われかねないからだ。

だから他国の忍びについては、甲賀も伊賀も根来も、多くは語れない。しかし弥九郎は、ある思いを抱えていた。

(徳川の忍びが、きっと一に強い筈だ)

強気の考えだが、血筋ゆえではない。徳川家は八百万石で、抱えている忍びの数が、格段に多いからだ。

忍びの末達で出来ている、伊賀、甲賀、根来の鉄砲百人組は、与力同心を合わせた数だけで、三百六十人になる。江戸では、他のお役に就いている忍びもいた。戦国が終わった後も、徳川は忍びを堂々と抱え続けており、母体となる数が、大名家とは違う筈なのだ。

(一万石程の大名家だと、そもそも家臣の数が、百人から二百人の間程だと聞く)

徳川に抱えられている忍びは、小大名の、家臣全ての数より多かった。

その多い忍び達の中で、競い合いが行われ、密かに名を語られる忍びも出てきている。それが強さの元になっていると、今宵、弥九郎は感じていた。

(相手方も忍びであったとしたら、今の力量が分からぬ我らの事が、気味悪かろうさ)

それで今宵、来るのか。弥九郎は広大な寺の境内に、黒い姿を見せている堂宇の上に立ち、風を身に受けつつ、唇の端を引き上げた。

(ならば、我らも相手方の器量を、量らせてもらおう)

今後、敵方として動くとき、他国の忍びが再び現れても対処出来るように。何人、どれくらいの力の甲賀者を用意すれば、敵方の忍びに勝てるか、見極める為に。

目の前にいる忍び達は、今、ろくでもないことを考えている者が、この江戸にいるという証に違いないのだから。

(おお、腹の立つ相手じゃないか)

ただ、仕掛けてきた忍び達にしても、己達の明日を賭け、寛永寺へ来ているに違いない。こちらの力は探らせず、争いに片を付ける為、弥九郎は打鉤を使って浮き上がった。

既に多くが見ている、四本の打鉤を使う以外、他国の忍び達に、特別な技を見せる気などなかった。十郎や蔵人の技に至っては、どんなものかという事すら、今宵彼らは、知る事がないだろう。

その時大屋根の瓦が、僅かに音を立て、相手の居場所を教えてくる。

(あそこかっ)

二本の打鉤で己を支え、弥九郎は、先も見えない程の闇の中を飛んだ。そして、一気に寄った相手の忍びを、三本目の打鉤で引っかけると、瓦から引き倒しにかかる。よろめいた相手へ飛び寄ると、思い切り蹴った。

「何でやっ」

短い怒りを残し、一人が二階の屋根から消えた。その忍びは、外れた打鉤を瓦へ投げていたから、下までは落ちないに違いない。

(今のお国なまり、聞いた事があるな)

思い出せなかったのは、その争いを逃さず、別の一人が屋根に湧いて出て、刀で斬りかかってきたからだ。とっさに飛び退いたが、移った先に苦無を投げられ、足を払われた。

「落ちるっ」

大屋根から落ちてゆく。相手が更に、小柄《こづか》のようなものを放ってきたので、打鉤で弾き、同時に放った四本目の打鉤を、相手の足に絡ませた。

そしてそれに己の体重を掛け、思いきり宙で引っ張った。

「くわっ」

屋根から剝がされ、黒い姿が落ちて行く。弥九郎は咄嗟に、下の欄干へ手を掛け、二階へ降り立った。途端、そこへ鋭い一撃を受け、逃れたものの、また空へ放り出される。

(何と、見事な鎌使いだっ)

だが、弥九郎が打鉤を次々と屋根に引っかけ、宙に浮いている間に、鎌使いが二階から転げ出る。最初二階で、蔵人と対峙していた筈が、弥九郎が上から降ってきたので、つい先に手を出したのだろう。

一寸動きを逸《そ》らした間に、蔵人が鎌使いを、二階から叩き出してしまったのだ。

(ふぅむ、相手方も夜目が利くようだ。古の技も、なかなかのものだ。だが……新しい戦い方は、見なかったな)

屋根へ戻ると、下から微かな音が聞こえる。誰かが上野の森の方へ、境内を駆け去るのが見えた。

大屋根に誰も居なくなったのを確かめ、二階へ降り立った。

「こちらの屋根にも、もう誰もいません」

蔵人の声に、終わったという十郎の言葉が重なる。更に一人、甲賀の忍び達が待つ、三枚橋の町家方へ逃げたと言葉が続いたから、今頃甲賀の仲間達が、張り切って追っているだろう。

「さて、あの忍び達、素直に雇った者の所へ帰るだろうか」

一橋か、老中か、それとも新手の誰かか。相手を摑めないと、また長が眉間に皺を寄せるだろうと言い、弥九郎は欄干の端に立ちつつ、境内へ眼を落とす。

しかし蔵人は、身元を摑まれる程、間抜けとは思えない相手であったと、首を振った。そしてさっさと、壁伝いに下りていく。

「まだ近くに、こちらを窺《うかが》っている者達が、残っているやも知れません。確かめてきます」

一寸雲が切れて、細い月の光が、何事もなかったかのように、ただ静かな寛永寺の内を見せてくる。ほんの僅かな明かりが下に見えたから、十郎が曲玉の、三つ目の眼を使い、辺りを探っていることが分かった。

だがその月も、直ぐに雲に覆われていく。後は、どこへ踏み出しても地獄の底まで落ちて行きそうな、恐ろしいまでの暗さが、全てを包んでしまった。

第四章

斑《はん》猫《みょう》の毒

一

徳川十代将軍、家治の嫡子家基は、その日、鷹狩りに向かった。場所は品川《しながわ》から南西へ行った、新井《あらい》宿《じゅく》の辺りであった。

一帯は旗本木原《きはら》氏の領地で、遥《はる》か遠くまでを見渡せる広大なお狩り場は、立っているだけで清々《すがすが》しい。少し先の、森のように見える小高い場所には、荒藺《あらい》ケ《が》崎《さき》熊野《くまの》神社があった。

狩り場を行く西之丸の一行は、この日にふさわしい装いで、打裂《ぶっさき》羽織《ばおり》に裁着袴《たっつけばかま》を着て、笠を付けている。本日狙う獲物は、鶴と雉《きじ》だと聞いていた。

鷹狩りは、戦が無くなった平穏な世において、戦を習う場でもあると、甲賀の忍びの物知り、十郎が口にしていた。野に大勢を配し、的確な時に動かし、獲物を追い詰め、狩って行く。実戦を学べるからか、戦と遠い世になっても、鷹狩りは無くならないのだ。

(そして、皆が狩りに夢中の時だからこそ、西之丸である家基様の警護には、一層気を入れねばならない。甲賀が、そのお役の一端を担うのだ)

今日、甲賀の組屋敷を出る時、鷹狩場へ向かう忍び達は、長から短く厳しい言葉を向けられていた。

勿論、西之丸勤めの番方達も、日頃よりも警護に気を配っている筈だ。若い西之丸の傍らには、小姓組の羽奈森恵吾や、書院番の兵藤、嶋ら、側付きの面々が常に控えている。

「恵吾、弥九郎達は来ておるのか？　姿が見えぬが」

西之丸が、恵吾へ問うているのが、耳に入った。恵吾の眉間に、皺が寄るのも見えた。

「本日は、一門の他の者らが、守りに参じていると聞いております。ですが未だ、挨拶に来ておりませぬが」

その声が聞こえると、今日の相方が傍らで、苦笑を抑える為、震えたのが分かった。忍びが、ここにおりますと挨拶に行っては、居場所が丸分かりで、忍びにならないではないか。

（恵吾殿、大丈夫か？）

甲賀の組屋敷へ戻ったら、弥九郎殿達に告げておかねばと思う。やはりというか西之丸では腕自慢の番方ですら、忍びのことを未だ分かっていない。大事なのは礼儀ではないのだ。

（ここは鷹狩場だが、我らの勤めは狩りではない。甲賀の明日を賭け、西之丸様をお守り申し上げることだ）

辺りへ目を配ったが、今のところ鷹狩りの動き以外、不審な様子は目に入っては来ない。鷹《たか》匠《じょう》は近くで、赤い布を掛けた、衝立《ついたて》のような止まり木に鷹をとまらせ、狩り場へ目を向けていた。茂みの方から鋭い声が上がったので、獲物の居場所が分かったのかも知れない。

鷹狩りの鷹は、特別に仕込まれた一羽だと聞いている。鷹は、烏《からす》よりは大きいかと思う位の姿だから、野においては、自分より遥かに大きい鶴を襲うことは無いという。しかし鷹匠達は、鶴を獲物として、鷹に取らせるよう仕込んでいると聞いた。
（私はそんな狩りを、見たことはない。鷹は本当に、段違いに大きな鶴を、仕留めるのだろうか）

少し先では、獲物を追い立てる勢子《せこ》達が、家基の指図の下動いている。勢子は、土地の事を承知している村の者らであった。頭に手ぬぐいを被り、足は脚絆《きゃはん》と草鞋《わらじ》でしっかりこしらえ、大勢が、慣れた様子に見うけられる。

鷹狩場と関わる村では、狩りの獲物を守る為、諸事制約のあることが多い。だが代わりに金を貰える勢子役は、村の者が引き受ける。普段の不満を癒やす、ありがたい役目なのだ。

その時、皆の目が、一斉に空へ向けられた。

「鶴だっ、鷹を」

西之丸の声と共に鷹が放たれ、鉄砲玉のように飛んでゆく。その姿を、先の野で構えていた勢子達が追い始めた。

鶴を落とした後、小さい鷹では、何時《いつ》までも地面に、押さえ付けてはいられないのだ。落ちた所へ人が飛びかかり、鶴を捕らえると聞いた。

二羽の鳥が、空で交わる。

「あっ……」

思わず、小さく声を漏らしてしまい、相方から睨まれた。落ちる。大きな鳥と鷹が絡み、そのまま下へと落ちていく。

「やったぞ。捕らえたわ」

西之丸の明るい声が聞こえた時、地に鳥が落ちる所を目にした。勢子が鶴へ飛びつき、組み掛かるのが分かる。鶴はほとんど、人と同じほどの大きさに見えた。

（何と、鶴は本当に大きい。あ、他の勢子も、加勢に行くようだ）

広い野の先を、皆が、食い入るように見つめている。すると。

この時また、鋭く短い声が、少し先の茂みから上がったのだ。別の獲物が見つかったのかも知れないが、鶴を見つめる皆は、そちらを向きもしない。

しかし甲賀の者達は、直ぐに動いた。一人が西之丸の盾になるよう、茂みと丘の間に入り、くノ一、吉乃と加乃が音の方へ駆け出す。そしてまだ、他の者達が目を向けても来ない間に、聞こえた声が鋭かった訳を、見て取る事になった。

「猪《いのしし》が出ました。お気を付け下さいっ」

叫んだ声が、おなごのものであったから、目立ったらしい。恵吾達が刀に手を掛け、西之丸を囲んだのを目の端で確かめる。吉乃達は今日、勢子の姿で村の者達に紛れ、狩り場へ潜んでいたのだ。

吉乃達は、鷹狩りの一行へ突き進んでくる獣の方へ、真っ直ぐに駆けて行った。

「近くの者。猪を止めよっ」

背後から兵藤の、割れた声が聞こえた。くノ一吉乃は兵藤の首に、鎌を突きつけた事がある。なのに、それでもおなごが獣へ向かうと、何としても守ろうと考えるところが、兵藤だと思う。

(良き男子《おのこ》であられる)

猪の顔が直ぐ前に見えてきたところで、吉乃と加乃は、左右へ飛んだ。同時に二人は、抱えていた忍び鎌を両側から振るう。鎌が二本、鎖と共に空を舞うと、その刃は猪の首を切り裂き、大きな血しぶきを上げる。

「ひゃあっ」

勢子達が声を上げる中、猪は何歩も歩まず、鷹狩場へ倒れた。皆が狼狽えている間に、獣は血で野を濡らし、動かなくなっていった。

二

鷹狩りの翌日、弥九郎、蔵人、十郎の三人は、まだ昼時にはならぬ刻限、西之丸御殿へ参上した。

百人番所へ詰める御家人なのだし、御殿内へ上がる許しは得ている。しかし大名、旗本など、大勢が顔を見せている西之丸御殿の表に上がるのは、やはりまだ、いささか遠慮があった。

それで三人は兵藤に頼み、御殿の庭を通って中奥へ向かうようになっていた。いつもは外廊下の途中にある沓脱《くつぬ》ぎの所から、御殿へ上がるのだ。中奥勤めの者達は、忍び達が顔を出す事に、段々慣れてきていた。

だが今日は、甲賀者達が外廊下へ上がると、良き獲物を得た鷹狩りの翌日だというのに、中奥は何やら緊張に包まれていた。

見かけた者へ来訪を告げ、外廊下で控えていると、直ぐに恵吾が、渋い顔でやってくる。後ろから来た兵藤や嶋に至っては、顔を赤黒くして、何故だか怒った顔で、甲賀の忍び達を見てきた。

「おや、西之丸御殿の皆様、いかがされましたか」

問いかけたが余程不機嫌なのか、直ぐには返事を貰えない。仕方なく、まずは弥九郎が恵吾へ、土産《みやげ》の品を差し出した。

「昨日の鷹狩りの折り、猪を仕留めたからと、くノ一達が、大きな肉の塊を頂いてきました」

西之丸の獲物は鶴であり、他にも仕留めた鳥獣があったという。よって猪は余った物として、勢子達に下げ渡されたらしい。

「それで肉は甲賀組屋敷にて、家伝の味噌漬《みそづ》けにいたしました。生姜《しょうが》と味醂《みりん》も入っておりまして。どうぞ薬食《くすりぐ》いとしてご賞味下さい」

猪の味噌漬けは、たまにしか手に出来ない美味な品なのだが、何故だか兵藤は、更に怖い顔つきになった。すると奥の部屋から、いつもの笑い声が聞こえてくる。

恵吾達が厳しい顔つきで側を離れたので、何事かと、西之丸も姿を見せたのだ。

「甲賀の三人か。今日は姿を見せたと思ったら、何と、昨日仕留めた猪を持参してきたか」

浅い桶《おけ》に入った肉を、西之丸は珍しげに見て、どう食べるのかを問うてくる。焼いても良いし、小さめに切って、葱《ねぎ》などと煮付けても良いと答えたが、弥九郎は最後に一言、付け足した。

「恐れながら申し上げます。西之丸様は、このような品に、手を出されてはなりません。先々、将軍になられるお方なのです。食べるものにはことに、気を付けて頂きませんと」

「……弥九郎、美味《うま》そうに見えるが」

「美味《おい》しゅうございます。ですが、それでもこれは、西之丸様が召し上がるものではございません」

今日持参したのは、側付き達に、力を付けてもらおうと思ったからだ。西之丸が口を尖らせたので、弥九郎は、失礼にも笑みを浮かべないよう、口元に力を込めて言った。

「これは、要《い》らぬ事をしてしまったようで」

持って帰る方が良かろうかと、桶に手を伸ばしたが、恵吾が先に桶を攫《さら》い、後ろに居た小姓組の仲間へ、素早く手渡してしまう。

「肉を持参した事情は分かった。薬食いの品ならば、こちらで頂く」

だが味噌漬けより先に、肉になった猪が鷹狩場へ現れた事情と、昨日、甲賀の三人が鷹狩場に居なかった訳を、さっさと言えと言葉が続いた。西之丸の側付き達は、猪がたまたま現れたものなのかどうか、未だに摑んでいなかったのだ。

(ああ西之丸御殿の方々は、昨日から猪の事でずっと、気を張っておられたのだな)

そんな所へ暢気《のんき》に、食べ物を持って現れたので、忍び達は厳しい顔を向けられたのだ。しかし、それでも突っ返されはしなかったので、忍びへの信用は、増してきたらしいと分かった。

十郎がまず、口を開く。

「その、事情ですが、この場で話してもよろしいでしょうか」

腹が減ったと言いつつ、西之丸が奥へ向かったので、皆が従う。忍び達も従い、余人のいないいつもの部屋、御休息へと向かう事になった。

庭に面した間に、見慣れた顔が並ぶと、まずは十郎が子細を語り出した。

「昨日、この三人が、鷹狩場へお供いたしませなんだのは、くノ一らに任せた方が良かろうと、思ったからにございます」

先に上野の寛永寺で、見回りの途中、甲賀の三人は現れた忍びらと、手合わせをしたことを告げた。互いに、相手を計る程の短い戦いだったから、寛永寺に骸《むくろ》を残す事もなかった。いや双方、力を出し切ったという場ですら無かった。

「ですが次も、お試しとはいきませぬ」

もうその段階は、過ぎたと思われるのだ。ならば。

「我ら甲賀の姿が見えない場で、敵がどう出てくるか。それを知らねばと思いまして」

途端、兵藤の眉間に、くっきりと皺が刻まれる。

「おいっ、西之丸様がおいでの鷹狩りの場で、忍びが、お試しをしたというのか」

蔵人が、言葉を返した。

「そんな、恐れ多い事などしてはおりませぬ。鷹狩り場には、くノ一達がお側におりました。甲賀一門の者が守りに参じていると、お知らせしてあった筈でございます」

そして、大勢の供がいる鷹狩りの最中に、もし何時にない事が起きるとすれば、おそらく、獲物と定めた鳥以外の獣が、現れる事だろうと思われた。

それが一番、仕組んだことだと疑われにくく、危険な事なのだ。

「猪が現れることは、考えていたというのか」

恵吾も怖い声を出してきたが、蔵人が、息を吐くことになった。

「ですから鷹狩りの場には、姉の吉乃達、くノ一がおりました。猪は、二人で仕留めたと聞きました。熊で無かったのですから、あっという間であったと思います」

猪一匹現れても、案ずるような事は無かった筈だと、蔵人は続けたのだ。すると上座に座っていた西之丸が、思いも掛けない事を言い出した。

「はて？　昨日、鷹狩場へ現れたくノ一は……吉乃だったか？」

猪を仕留めたので、西之丸はおなご二人へ声を掛け、褒めたのだ。しかしどちらも日に焼けた顔をしていたと言って、目を見張っている。

「それに太い眉だった。おなごというより、まるで若い男のように見えたが……」

蔵人が笑みを浮かべた。

「くノ一は、忍びの技の一つとして、化粧を使います。他のおなごにも、勢子役の男にも、自在に見目を変え、見せる事が出来ます」

いつも美人の素顔を見せていては、さっさと覚えられてしまい、不都合この上ないからだと言うと、西之丸がさらに目を見開いている。

「驚いた。ではくノ一の本当の顔は、なかなか分からぬのだな」

ここで、吉乃らは実際美人なのかと兵藤が疑ったので、蔵人が片眉を引き上げた。弥九郎が笑い出し、部屋内の面々へ、先日、西之丸の前に現れた時の吉乃が、素顔に近いと言い切った。

「その、我ら甲賀者は組屋敷にて、畑を耕し、傘張りをして、日々に必要な金を補っております。忍びとしての用も無い時に、紅おしろいに金を掛けるくノ一はおりませぬ」

日頃のくノ一は、節約を心がけているのだ。誠に分かりやすい事情を聞き、部屋内の皆が頷き、納得した。大名からして、借金を抱える事が多い世なのだ。三十俵二人扶持、御家人の懐具合は、武家ならば察しが付く。

兵藤は、ぐっと落ち着いた口調になり、甲賀者達へ目を向けてきた。

「して、鷹狩場へ来なんだお主らは、何をやっていたのだ?」

十郎が友と目を見交わし、声を潜め答えを告げた。

「実は、斑猫《はんみょう》の毒を手に入れた者がいると、組屋敷へ話が伝わってきました。それを確かめに、医者や薬屋の所を回っていたのです」

危うい毒について知らせる為、甲賀の長は頭の屋敷を訪ねており、その時弥九郎も、大身旗本の屋敷へ供をしている。聞いた途端、側付き達が顔を顰めた。

「何と、斑猫の毒が現れただと？」

中国から伝わった、医者でなくとも名前を知る、大層悪名高い毒だ。同じく、かの国から来たという薬学の書、『本草綱目《ほんぞうこうもく》』に斑猫が出ていた事から、確かなる毒だと思われている。綿密なる謀《はかりごと》と共に、若君を弑《しい》す時、使う一服とされていた。

「若君殺しの毒。誰が何故、求めたのか」

恵吾の機嫌が、また酷く悪くなる。

「それを今、調べております。ただ、江戸城には奥医師だけで、十五、六人はおられましょう。大名家にもお抱え医者はおります。おまけに高名な奥医師であれば、それぞれ、弟子を数多く抱えておりますから」

その全てを、一日や二日で調べることは、無理であった。今甲賀は、上忍以外の面々も、傘張りを放り出し、人手を増やして動いているのだ。

「この調べ、少し日が掛かると思われます。分かった事がございましたら、直ぐにこちらへ、お知らせいたします」

西之丸の面々は、深く頷いている。十郎の声は低めで、いつも落ち着いているからか、どんな時も皆が納得しやすい。

するとここで、西之丸が恵吾に何かを伝え、小姓はすいと部屋から出て行った。直ぐに戻った恵吾が、忍びへ、近くへ来るように言い、包みを差し出してくる。弥九郎が戸惑いつつ受け取ると、金子が入っているようで、包みはずしりと重かった。

「作る傘の本数が減っては、暮らしに差し障ろうと、西之丸様が言われたのだ。お手元の金から、出たものだ。ありがたく頂くように」

思わぬ話に恐縮していると、西之丸が笑って、忍びらへ言葉を向けてくる。

「そなた達が戦う金を惜しんでいては、己の運が尽きてしまうわ。死ねば結局、金を使うことは出来なくなる。だから遠慮はするな」

「ご配慮、痛み入ります」

甲賀の三人は、揃って頭を下げ……弥九郎は唇を噛んでいた。正直な話、傘張り賃代わりの金は、心底嬉しい。ただそれにも増して、身に染みた事があった。

(西之丸様が、御自身の死を考えておいでだとは)

おそらく甲賀が関わる以前にも、危ういことは、数多あったに違いない。昨日の猪とて、忍びが側に配される前なら、一騒ぎになる出来事だった筈だ。武家の技は、獣相手のものではないからだ。

(だからこそ、我らの働きを喜び、金子を下さったのか)

甲賀が頼られた気がして、弥九郎は目の底が熱くなってきた。西之丸は猪を、味わえるうちに味わいたいと思ったのではないか。そんな考えが浮かぶと、酷く辛くもなった。

(西之丸様こそ、甲賀の新たな主にふさわしい。日の本の主にも、なっていただきたい。無事、その日を迎えるのだ。是非……何としてもだ！）

　唇を引き結ぶと、畳に額が付くほど頭を下げ、再び礼を申し上げた。そして今後、鷹狩りや兎《うさぎ》狩りなどの時、甲賀がどう関わるかなどを皆で話し、座は、一旦終わる事になった。甲賀者は部屋を辞し、西之丸は側付きの者と別の間へ移って行く。

　ただその時、弥九郎は恵吾へ声を掛け、今後、行うと決まっている西之丸の所用を、教えて貰うことは出来ようかと問い、書き付けを見せた。

「御殿の近くであっても、西之丸様が動かれる時は、守りの甲賀者を配したく存じます」

「おお、分かった」

　恵吾が御用を記した書き付けを取り出し、弥九郎へ教えてくる。弥九郎が、己の書き付けにそれを写していくと、二人は他の皆から、自然と離れる事になった。

　その時を待っていた。

「恵吾殿、驚いたり、声を上げたりせず、聞いて下され」

　恵吾が見て来たので、小声で伝えた。皆の前で言える話ではなかった。

「長から知らせがありました。裏切り者が、西之丸様の近くにいるとのことです」

「確かか」

「斑猫の毒の事だけでなく、この裏切り者を割り出す為、既に多くの甲賀者が散っております。まだ、名前が分かっておりませぬ」

　話の出所は、甲賀のくノ一達だ。麗しき者が多いゆえ、江戸に幕府が開かれて以来、くノ一は甲賀一族以外にも方々へ嫁している。その縁から入ってくる話も、今では少なくなかった。

「裏切り者の知らせですが、実は一報だけでなく、甲賀組へ重なって入りました。そういう者が居るのは、まず間違いないかと」

「………」

西之丸御殿の中を、内から切り崩されては敵わない。この御殿だけは、心から安らげる場にしないと、西之丸の身に障って、それこそ病にでもなりかねなかった。

弥九郎の言葉に、恵吾が黙って頷く。

「この調べ、医者よりも時が掛かりそうでございます。今のところ、白と分かったのは二人のみ。恵吾殿と、兵藤殿です」

「私らを調べたのか」

「声が、大きゅうございます」

恵吾は唇を噛み、そして二度と、その事で文句を言わなかった。勿論、西之丸に近しい恵吾こそ、真っ先に疑うべき者だと、恵吾は自分から言った。

「忍びが居なければ、己が知る武家達など、調べる事も出来なかっただろう。お主らが居てくれて、助かった」

「ありがたきお言葉です。調べを急ぎまする」

「私と兵藤殿に出来る事があれば、言ってくれ」

恵吾と弥九郎は書き付けを懐に収めると、顔つきをすっと、柔らかく改める。そして二人は何事も無かったかのように、中奥で別れていった。

三

帰宅後、弥九郎らは西之丸から渡された金子を、甲賀組の組屋敷で長達に差し出した。すると長も、急ぎ屋敷へやって来た与力達も、揃って、泣きださんばかりに感動したのだ。

甲賀者が、鉄砲百人組に配属になり、忍び本来の勤めから遠ざかって、長い年月が過ぎている。忍びとして動き、その働きに金子が下されたのは、どれ程久方ぶりか分からないほど、無かった事であった。

長の声が、震えた。

「西之丸様は、百両も下されている。我らの働きを、高く買って下さったのだ」

甲賀組は与力二十名、同心百名だ。その内の、多くの忍びが動いているから、百両頂いても、内職の傘張りを止めてしまう事など、出来ないだろう。だが、それでも。

組屋敷の一間で、障子越しの明かりを受けた長の顔は、見たこともないほど輝いていた。

「この後も忍びの技で、金を頂けるようになれば、心より喜べるな。いやいつか、忍びの勤めが副業ではなく、日々のことになるやも知れん。その望みが、本当に出てきたぞ」

そうすれば太平の世で、何故忍びの技を学ぶのか分からないなどと、若い忍びが言う事も無くなると、言葉が続いた。弥九郎達は一寸、そっぽを向く事になった。

長は口の端を引き上げると、まあ、それでも甲賀の上忍達は、まだましだと言って、三人を見てくる。今は若者達に説教をするより、甲賀の力を合わせる時であった。

「弥九郎、蔵人、十郎の三人は、西之丸にいる裏切り者の調べを、続けるように。医者ならば、他の甲賀者が受け持てる」

西之丸の奥を探るのは難しい。特に、怪しいことが続く今、中奥の警護は厳しかった。今、西之丸御殿内で堂々と動ける甲賀者は、三人と、くノ一の吉乃くらいなのだ。

「しかも吉乃は、お主達と同道せねば、別の疑いを掛けられかねんからな。あいつは麗しいゆえ、妙に使えぬ時がある」

長は不満気味に言う。横に控えていた与力二人は、落ち着いて下さいと、諭《さと》すように返していた。

「分かっているが、裏切り者がいるのは、間違い無いから、気が急《せ》く。長く西之丸の内に放って置くのは、とんでもなくまずいだろう」

ここで十郎を見ると、長は、裏切り者について、もう占ったのかと問うてくる。

「おれは占いの答えを、伝えて貰ってねえが」

十郎は溜息と共に、確かな話はまだ、摑んでいないと告げる。裏切り者の名まで告げてくれる曲玉占いなど、この世にはないのだ。

「占える筈と言われるのでしたら、長が占って下さいまし」

「ふんっ、占いは不得意だ。十郎、して、お主の技は、何かを示したのか？」

十郎は頷くと、一つ、答えの出た占いがあったと口にする。占いは、曲玉への問いの善《よ》し悪《あ》しで、答えの確かさが決まった。

「西之丸御殿の裏切り者に、おなごも関わっているか。この問いの答えが、当でございました」

「ほほう、そう占ったか。ならば今回の裏切りには、大奥が絡んでいるかも知れぬな」

大奥は、将軍世子の味方に思える場だが、家基は、亡くなった御台所の実子ではない。誰が味方か知れなかった。

するとここでくノ一吉乃が、長の部屋へ顔を出し、調べていた毒のことを告げてくる。要するに斑猫の毒は、多く売り買いされていたと分かった。

「しかも買った医者は、奥医師だけではございませんでした。町医者までいたそうです」

吉乃が調べただけで三人、〝若君殺しの毒〟を求めたと聞き、蔵人が顔を顰めている。

「何故そんなにも多くが、毒を求めたのでしょう」

姫若子と言われる蔵人の綺麗な顔が、いつにないほど怖くなった。友は、このままでは駄目だとつぶやいた後、長達へにじり寄ると、思わぬ問いを向けた。

「長へ伺いたい。我らは今回の勤めで、忍びとしてどこまで動いて良いのですか？」

「あん？　蔵人、どこまでとは、どういうことだ？」

「忍びの技は、秘伝だの、一子相伝だの、あれこれ封じられている事が多いですよね」

身につけている技でも、使えない事は多々あるのだ。決まり事というだけではなく、今が平穏な、徳川の御世《みよ》だからという面もあると、弥九郎は首を僅かに振った。

（忍びが活躍したのは、戦国の世だからな）

戦で負ければ、あっという間に一国を失った時代だ。否応《いやおう》なしに命や城、田畑、親の墓、子供の命までを賭けた戦をしていたのだ。

死ねば首を切り落とされ、その首が、敵方の賞《ほうび》の元になった。国盗りも、下剋上《げこくじょう》も、殺しも、人を売り飛ばす事も、何でも有りの世で、鉄砲も大砲もぶっ放されていたから、忍びも遠慮なく技を使っていたのだ。蔵人が口元を歪める。

「かつてなら、日中から鉄砲を撃っても、人の口の端にも上らなんだでしょう。けれど今は、江戸の内で勝手に鉄砲を撃ったら、大騒ぎになります」

本当の事を言えば、今の世、一番鉄砲に慣れているのは、鉄砲所持の鑑札を持った山の猟師だろうと、蔵人が続ける。

「あるいは、里の百姓か。村では田畑を荒らす獣を追い払うのに、銃を武家から拝借していると聞いております。そっと撃ち殺し、鍋にする事もあるでしょう」

だが蔵人達は、太平の世の江戸にいる。今、甲賀が守るのは、そのど真ん中、江戸城内の西之丸なのだ。一発銃を撃てば、甲賀衆全てが、その責を問われかねない。弥九郎はここで、友の顔を見た。

（蔵人の秘中の技。本当の得手は、銃だ。火薬だ）

友の技は、甲賀者でも知らぬ者、見たことの無い者が多い筈であった。試してみることもはばかられる、恐ろしく物騒な代物なのだ。

「我が技は、使っても良きものなのでしょうか。長のお考えや、いかに」

蔵人の厳しい声が聞こえ、与力達と、蔵人、弥九郎、十郎、吉乃は、正面から長と向き合う事になった。皆、しばし黙ったままで、息苦しい心持ちがしてくる。そして。

長はゆっくりと、笑みを浮かべたのだ。それから若手四人が驚く程、遠慮のない言葉を告げてきた。

「ここで技を出し惜しみして、どうするよ」

「は？」

「今は全てを出し切って、甲賀の明日を掴みに行かねばならん。今回負けたら、甲賀は里に伝わった技を、二度と使えぬかも知れないんだぞ」

忍びを味方にしても、勝利には繋がらないと見なされてしまうからだ。

「蔵人が、どんなに凄い技を持ってても、江戸城の内で使えねえなどと言ってちゃ、宝の持ち腐れだ。無いのと変わらねえ技に、なっちまうからな」

「ほお、そう言われますか」

ならば、使って良いのですねと、蔵人が念を押している。すると与力の一人が、横から一言、付け足してきた。

「蔵人、お主の秘中の秘の技は、大がかりなものだと聞いている」

目の前で使われても分かりにくい、十郎の技とは違うのだ。秘中の秘の技は、使えば大騒ぎになるものと承知している。そして長は、それでも技を出して良しと口にした。

「だがな、その技が、甲賀組を吹っ飛ばすのは、不可だ」

「えっ……？」

「当たり前だろう。忍びが使う技とは、勝ちを手に入れるためのものだ。甲賀組丸ごと、罪に問われ滅んでしまっては、技を使う意味が無い」

蔵人だけでなく、弥九郎や十郎も呆然としてしまった。恐る恐る問うたのは、弥九郎だ。

「長は、今が技を使う時だと言われる。なのに罪は招き寄せるなと、おっしゃるのですか？　火薬を使う技を使えば大勢の目に触れ、耳に届き、嫌でも騒ぎになります」

「その危うさを、ちゃんと分かってて立派なこった。だから蔵人、何とかしろ」

伝法《でんぼう》な調子で勝手を語る長を見て、若手四人は、顔を見合わせてしまった。

（技を使いたいだけ使って、しかし騒ぎにしては駄目だというのか？　そんな方法があれば、それ自体、秘伝の技になりそうだ）

自分の秘した技でも、そんな器用な方法は思いつかない。弥九郎が溜息を漏らした横で、蔵人は負けん気の強い、厳しい顔つきとなっている。そしてじき、承知しましたと口にすると、傍らにいる友の十郎へ頼み事をしたのだ。

「十郎、一つ占って欲しい事がある。この先の天気だ」

「おい、それくらい、自分で占えるだろうに」

「自分も、勿論占う。だが、より確かな答えが欲しいのだ」

十郎は頷いたが、弥九郎は顔が引きつってきた。

（蔵人が、本気で動く気になったようだ。火薬を使うなら、雨の日はやりづらい）

江戸城のど真ん中で、蔵人が思いきり好きに動いたらどうなるのか。恐ろしいが、その結末を見たいとも、弥九郎は本気で思う。

（戦国の世にあった忍びの戦いを、この目で見てみたい）

そして、それと同じ思いを、長の部屋内にいる皆も抱いているような気がした。

四

後日、江戸城の百人番所で、城奥へ入ってゆく者達へ目を向けつつ、弥九郎は忍びとしての考えにふけっていた。

長は、江戸城で甲賀上忍の秘伝、火薬の技を、思う様使っていいと言った。しかし、それを人に知られてはいけないとも、告げてきたのだ。弥九郎達三人は、頭を抱えた。

今の江戸は、ひたすら太平なのだ。江戸城の門近くも、日々言い合い一つ無く、勤め中に、余所事《よそごと》を考えていても支障がない程だ。だがこの静けさでは鉄砲一発撃っても、大騒ぎになること請け合いであった。

（駄目だ、おれには火薬を使う方法など、さっぱり分からん）

蔵人へ存念を聞きたく思っても、友の姿は無かった。

今回は弥九郎にとって、臨時の勤めなのだ。甲賀忍びの一人が、毒を手にした医者を追っていたので、代わりに百人番所へ顔を出した。

勤めの帰りに、西之丸へ顔を出す事にし、既に御殿へ伝えてある。余分に西之丸の裏切り者を探れるから、この勤めは弥九郎にも都合が良かった。

ただ何時にないことをすると、必ず鋭い根来衆から、探られる事になる。やはりというか交代の時、さっそく声を掛けられ、いつもと違う顔が迫って来た。

「これは、滝川弥九郎殿、今日お会いするとは、思いませなんだ」

根来衆の一人津田《つだ》は、確か、根来の田中と縁続きの筈で、顔がよく似ている。しぶとく、用心が必要な所もそっくりであった。

津田は何故だか、わざわざ仲間へ断り、交代を後回しにしてから、帰ろうとする弥九郎へ話しかけてくる。

「先刻城中にて、表坊主達が騒いだと聞いております。弥九郎殿は早々に、その件を調べに来られたのかな？」

「それがしは代役で来たのです。当番の者が身内の病で、都合が悪くなりましてな」

本丸御殿で何かあったのかと、急ぎ問うてみた。すると津田は、聞いた弥九郎がどういう顔をするかを見つつ、一報を語ってくる。

「甲賀者は今、斑猫の毒を探っているそうですな。その毒の事が城中でも噂になり、騒いだ者がいたとか」

「ほお」

　弥九郎は思わず、小さく声を出した。甲賀がいつにない動きをしていることは、根来ならばその内、分かるだろうとは思っていた。傘の内職が大きく減れば、商人は噂する。それを伊賀、根来が聞き逃すとは、とても思えなかったからだ。

（だが斑猫の毒を探っている事まで、早くも承知とは）

　津田は、こちらの顔を覗き込むようにして、先を語る。

「甲賀は何と、奥医師まで調べているとか、いないとか。それを承知された御老中の田沼様が、鉄砲百人組の組頭へ、先刻、何事かと問われたそうだ」

　その話が表坊主に伝わり、毒の件が騒ぎになったのだ。

「田沼様が？　頭へ問いを向けられた？」

　弥九郎は、ただ驚く。

（我らが頭は、忍び達の頭であるのに、薬のことも毒のことも、余り詳しくなかったと思うが。先だって、長と一緒にお会いした時、おれは毒について頓珍漢《とんちんかん》な話を聞かれたぞ）

　更に、田沼老中の行いにも、弥九郎は魂消ていた。老中は、日頃甲賀組とは縁の薄い、鉄砲百人組の頭へ、忍びの事を聞いたからだ。

（御老中はあのお方から、何を聞き出す気だったんだ？　さて、我らが三千石の殿様は、御老中へ何とお答えになったのか）

　大いに気になったが、根来の者が、そこまで教えてくれるとも思えない。仕方が無いので、次に津田が何を話すか待っていると、意外な事に事情を語ってくれた。

「鉄砲百人組の御頭だが……何と御老中へ、笑いを向けられたそうだ」

「笑い？」

「そしてだ、若君殺しの毒として知られた、斑猫の毒。そんなものは、この世にはございませんと、続けられたという」

「えっ……」

弥九郎が言葉を失ってしまうと、そこへ、話を聞いていたらしい根来衆が集まってきた。そして、惚《ほう》けた顔で声を上げた弥九郎を、更にあれこれ探ってきたのだ。

「ほお、弥九郎殿は魂消たのか。田沼様も、組頭の答えには驚いていたそうだ」

根来衆の言葉は続く。

「若君殺しの、斑猫の毒。それがこの世に無いとは、凄い答えだ。いや、ある意味、大層賢いご返答だな」

毒が無いのなら、その毒について調べる事は、あり得ない。つまり奥医師達は調べられていない。問題は何も、起きていないということになるからだ。

「甲賀の頭は、御老中の問いから逃れられた。騒ぎも収まった。とにかく今日は、な」

根来衆達は、笑うように言うと、弥九郎を見てくる。

「それで？　何で甲賀の衆は、今頃、あの毒について探っているのだ？」

弥九郎も、笑うしかなかった。

「それは我らが頭が、既に答えておられる。そんな毒は、この世にござらん」

本当だと言うと、せっかく大事な話を教えてやったのにと、根来達から、冬の雨より冷たい眼差しで睨まれてしまった。それで、大いに気を遣って、礼を言う。

「御老中の話、ありがたく拝聴した。感謝だ」

だが長居は無用と、弥九郎は百人番所を足早に出ようとする。するとその背に津田が、思わぬ言葉を向けてきた。

「弥九郎殿、毒など無いと言っても、剣呑な気配は無くならぬぞ。お主しばらく、襲われぬか気を付けた方が良かろう。うむ、我らは友も同然なのでな、ご注意申し上げる」

何しろ甲賀と根来は、もう長きに亘《わた》って、上手くやってきたのだからと、津田は続けた。今日の弥九郎には、いささか腹が立ったが……それでも優しい言葉を伝える程、良き間柄なのだという。

「わしら根来は、立派だのぉ。うむ、甲賀から感謝されたいものだ」

「あの、何で気を付けねばならぬのだ？」

本心分からなかったので、足が止まってしまった。津田だけでなく、根来の者達皆が、百人番所の中で薄く笑っている。勤めを終えた甲賀の者は、既に皆、姿がなかった。

「もし斑猫の毒について、甲賀が調べているとしたら、だ。あん？　毒など、無いと言わず、まあ聞け」

どこぞの若君へ一服盛りたい側は、甲賀の忍びを、蚊帳内に入った蚊のように煩わしく思うだろう。ならばその甲賀者を、どうするか。

「このような面白い問いについて、考えた根来衆がいるのだ」

　すると根来の者達が、答えを揃えてくる。

「甲賀者は煩わしいゆえ、まずは滝川弥九郎殿を片付ける。うむ、良い手だな」

「はあ？　それがしを殺すのか？　どういう事だ？」

　本心驚いたが、何と津田は大真面目であった。その訳も語ってくる。

「弥九郎殿、十郎殿、蔵人殿。今の甲賀の三傑は、この辺りだ。麗しきくノ一が、中でも弥九郎殿が一番と評していたとか」

　ならば、その一番を、真っ先に除くのだ。江戸では今、大きな戦など難しい。少人数での争いとなった場合、強き忍び一人の脱落は、戦い方を変えていく。

「甲賀の忍びは、戦い方の建て直しを迫られるわけだ。しばし、斑猫の毒どころではなくなるだろう。よってお主を片付けるのは、良き戦術だと言ったわけだ」

「物騒な事を、言わんでくれ」

　軽く躱そうとしたが、津田は引かない。多分、根来が弥九郎を狙っているのではないので、話を楽しんでいるのだろう。

「さて、弥九郎殿だが、どうやったらあの世へ送れるだろうか」

「おい、勝手に送るな」

「先に、我らが根来の者が、弥九郎殿が宙に浮いているところを、西の町家で見かけたと言っていた」

　暮れてきた時分の話だが、忍びは夜目が利く。弥九郎が屋根より高い所にいたので、噂に聞く四本の打鉤を使い、身を浮かせているのだろうと、根来衆は、しばし浮く様子に見とれていたという。だが。

「じきに、怖くもなってきたそうだ。何故だと聞くのか？　その忍びには、宙を飛ぶように進む打鉤の技が、使えなかったからだろう。近くに十郎殿や蔵人殿もいたが、どちらも屋根を駆けており、浮いてはいなかったとか」

　そしてだ。薄暗がりの中とはいえ、見られることはあり得るのに、構わず使う技は、秘中の秘のものではない。ここぞという時、忍びが使う恐ろしきものでは、ない筈なのだ。

「さて怖いことだ。四本の打鉤を使う以外に、どんな秘術を隠しているのやら。弥九郎殿は余程、手強《てごわ》い」

　よって津田は、弥九郎とどう戦えば勝てるか、本気で考えたらしい。

「津田殿、それがしと戦わんでも良かろうが」

「わしならば一遍に多人数で襲う。場所は城中など、弥九郎殿が人目をはばかり、戦いを躊躇う場だ。古き戦い方だが、確かな方法でもある」

　襲う側の数をぐっと多くすれば、余程格上の相手でも、仕留められるかも知れないのだ。万に一つもし損じぬ為、何人で襲うかが一番の問題だった。

「さて根来の衆、弥九郎殿を、何人ほどで襲えば良かろうかな」

津田が仲間へ顔を向けると、人数だけいてもしようがなかろうと、顔を顰める者がいる。しかし根来の忍びならば、五人ではどうだと、大真面目で言い出す者も出てきた。四人、六人、八人と声が続き、何人で襲うべきかで揉め始める。何故だか皆、楽しげだった。

「あのぉ、この弥九郎を殺す話を、しているのだよな？　津田殿、何でそんなに嬉しそうなのだ？」

「わははは、いや、将棋や碁より面白いぞ。弥九郎殿、どういう場合なら殺されかねないか、忍びとして、一度考えてみるといいわ。己の命が懸かっていると思うと、真剣になれよう」

「あーっ、要するにそれがしは、遊ばれているのだな」

ふて腐れ、溜息を漏らしてから、根来衆はそろそろお役へ就かれよと言い、弥九郎はやっと百人番所を離れた。だが、後ろから笑い声が聞こえてきたから、この後、番所の勤めが暇になったら、弥九郎の仕留め方を皆で話し、盛り上がると思われた。

「やれやれ、おれは今日、根来衆の話の中で、何回殺されることやら」

代役で来た今日は友がいないので、西之丸へ向け、一人城中を歩んだ。この後、恵吾達へ何を告げ、どういうことを聞くか、頭の中を整えていった。

だが直ぐに、弥九郎は歩みを少し速くする。江戸城中にいるというのに、ひやりとするような気配が、迫って来たからだ。

（何と、何人もがおれの跡を、付けてきているようだ）

津田は今日、剣呑な事が起きると、承知していたのだろうか。弥九郎が技を出すのを躊躇う、この江戸城の内が、危うい場になろうとしていた。

五

百人番所の勤めに出た弥九郎が、いつ、退出するかを知るのはたやすい。鉄砲百人組は、決まった刻限に交代するからだ。

だが昼間の江戸城で、本物の殺気を向けられるのは、余りにも意外だった。根来から気を付けろと言われても、弥九郎は、本気にはしていなかった。

（多くの武家達が集っている城で、本当におれを襲う気か？）

付けてくる足音を聞き分けた。三人までは直ぐに分かり、更にもう一人、近くの石垣の上に居る気配がした。だが城中ゆえ、遠い足音は勤番の武家達に紛れ、敵か味方か分からない。根来の津田が考えていた、多人数で弥九郎を潰すとは、こういうやり方かと、得心がいった。

（誰だか分からぬ。まさか本当に根来が来たのか？　いや、付けてくる足音は忍びではない）

それに根来なら、同じ江戸城内でも紅葉山など、人が少ない場所で仕掛けて来る気がした。

（だがここは御金蔵《おかねぐら》前だぞ。他に人がいる。後ろの面々は、どうする気なのだ？）

高い城壁と濠に囲まれた場所で、確かに逃げ場は少ない。ただ、蛤濠《はまぐりぼり》に突き当たったら西へ折れ、蓮池御門《はすいけごもん》を通れば、百人番所から、一番西之丸御殿へ行きやすい道筋ではあった。

（しかし。今日は濠の外側、大手三之門、桔梗門《ききょうもん》、と通った方が良かった）

ぐるりと濠に囲まれた内桜田御門の先は、十ばかりの大名屋敷が並ぶ場所で、人目がぐっと減る。忍びの技を使いやすかった。

（逃げるか？　それとも相手の素性を知る事を、先にするか？）

まだ西之丸御殿の裏切り者が誰か、摑んでいない。斑猫の毒の噂を広めた者を、承知してもいない。弥九郎は首を僅かに振った。

（城中で囲まれている。今、何が出来る？）

急ぎ片手を懐の内へ入れ、番所勤めに何を持ってきたか探った。大した忍具は持っておらず、蛤濠の前から松の並ぶ坂を登りつつ、口を歪めた。

（いっそ、後ろから来る者らに、やられてやろうか。そうすれば襲う時、相手もおれの間に入るしかなくなる。その時、手が打てるというものだ）

腹をくくると、歩みを緩めもせず、高くそびえる石垣の角を西へ曲がる。途端、待ち構えていた五人の男に、包み込まれるように囲まれた。

その者達を目隠しにし、腹を刺されていた。

（昼の城中で、こうも躊躇いが無いとは）

脇差しで突かれているのに、それでも驚きが走った。五人の他に、後ろから更に四人が湧いて出て、何と九人もの一団が、弥九郎を仕留めにきたと知る。

（根来なら、己を仕留めに来た者へ、どう対峙したかな）

脇から出た血が、刃物を伝って行くのが見えた。弥九郎は咄嗟に、刺してきた相手の手を握る。男が引いてそれを払うと、脇差しが抜けたので、弥九郎は血が付いた手を振った。城中で、着物に血の印が付くのを嫌ってか、男達も後ろへ一歩間を取る。

その時を逃さなかった。

弥九郎は高い石垣の途中へ、懐の打鉤を放った。四本の打鉤を頼りに、石垣の途中へ飛び上がると、そのまま真横に駆け、九人から逃れてゆく。

（上まで登るのは駄目だ。おれならこの場で上へ逃げると踏み、人を配している）

弥九郎が打鉤を使って飛ぶ事を、根来達も知っていた。眼前の相手も、あの技の事は承知しているかも知れないのだ。

次々に打鉤を放ち、石垣を駆け抜けると、西之丸御殿の裏門を目指した。今、御殿には甲賀が配されている。近づけば後ろの者達は、引かざるを得なかろう。馬鹿と油断の結果、刺された脇腹が、あり得ぬほど痛かった。

門を過ぎると、思った通り一気に追ってくる気配が消える。ほっとはしたものの、更に血が滲んできたので、御殿中奥へ急いだ。

（表の玄関には近づけぬな。血を見られたら大騒ぎになる）

よって西之丸御殿の脇から、庭伝いに中奥へと向かう。御休息か、御小座敷の見える所まで行けば、馴染みの顔に出会えるだろうと思った。

（怪我を負うとは情けない。後で長が、山と説教をしてきそうだ）

御休息の前に広がる、中奥の庭が見えてくる。だが、ほっと息を吐いた途端、何故だか、場違いな笑みが浮かんできた。

（忍びがいきなり庭へ現れたら、中奥から誰が一番に、様子を見にくるだろうか）

恵吾は違う。たとえ弥九郎が全身血まみれであっても、一の側近は、西之丸様の側を離れるべきではないからだ。

兵藤かも知れないとは思う。中奥勤めの坊主もあり得る。ただ別の考えも浮かび、弥九郎は庭を進みつつ、口の端を歪めた。

（今日、おれを狙った者は、誰なのか）

考え付く相手は、二通りあった。

（一方は、真っ先に斑猫の毒を手に入れた者だ。名を探り出される前に、甲賀へ挑んできたのかも知れぬ）

そして、もう一方は。

（西之丸御殿にいる筈の、裏切り者だ）

御殿は甲賀の目が増えたゆえ、動きづらくなっていた筈だ。それでまず弥九郎から、追い払おうとしたようにも思う。

（先程、おれを襲ってきた者達は、武家だった。そして皆、随分と武道に優れていた）

毒使いが医者なら、腕の立つ武家達を、意のままに動かすとは考えづらい。その手立てがあるのなら、最初から武を頼りに、事を進めればいいからだ。

つまり、弥九郎をあの世へ追い払おうとしたのは、〝裏切り者〟の方だろうと、血を流しつつ頷いた。

　さて、さて。

（せっかく刺されたのだ。ならばこの血と痛み、もう一度上手く使わねば）

　この時足音が聞こえ、奥から誰ぞが出てくるのが分かった。弥九郎はふっと笑みを浮かべた後、辛そうに身を屈《かが》めると、手を懐に入れ、苦しげな声を出す。

「あの、甲賀の弥九郎でございます。急ぎ……」

　言いかけたが、その先が出てこなかった。目の前の障子が開いた途端、誰かが、庭にいる弥九郎へ飛びつき、突き倒してきたからだ。

（来たかっ、裏切り者っ）

　くノ一の知らせは確かであったと、得心しつつ庭に転がった。怪我人と承知なのか、力尽くで押さえつけてきた相手を見て、魂消る事になった。

　男は西之丸御殿の中奥で、宗十郎《そうじゅうろう》頭巾《ずきん》を身につけており、目元しか残さぬ程、顔を覆っていたのだ。目だけで相手が分かるほど近しい者ではなく、見事に誰なのか分からない。

（顔を隠すのは、何としても見られたくないからか。しかし今のところ、相手方に上手くやられてしまっているな）

　津田が言っていた通り、弥九郎を仕留めるには、まず多人数で取り囲むのが良いと分かった。

（そして一旦逃がし、油断したところで、次の不意打ちを喰らわす、か）

弥九郎が怪我をして、弱っていれば仕留めやすい。

その時、血が出ていた脇腹を、宗十郎頭巾にもう一度狙われた。脇差しを持つ手を、片手で摑んで止めてから、庭を転がって離れた。小さな呼子《よびこ》を取り出し、思い切り吹く。

（更に斬られるのは、勘弁だ）

そして弥九郎は、西之丸御殿に潜む裏切り者が誰なのか、この好機に摑む気でいた。

（こんな良い機会に、宗十郎頭巾の仲間が、おれを襲って来ない。西之丸御殿に潜んでいる裏切り者は、一人のようだ）

わざとらしいとは思ったが、一寸膝《ひざ》を折り、脇腹が酷く痛んだ様子を見せると、相手も、脇差しをまた振りかざしてくる。弥九郎は伸び上がって頭巾に手を伸ばしたが、相手に飛び逃げられてしまった。

（忍びの手から逃れるか。この男も、武道を修めているな）

だがそこへ、中奥から新たな足音が聞こえてきて、互いが動きを止めた。直ぐに、兵藤の声が聞こえてくる。

途端、宗十郎頭巾が素早く身を翻《ひるがえ》した。弥九郎は追わず、そっと屋根へ目を向ける。呼子を聞き現れた、日中でも影のような甲賀者を、見送る事になった。

（宗十郎頭巾の男は、忍びではなかった。甲賀者なら逃がしたりはせぬ。これで、西之丸御殿の裏切り者が誰なのか、摑める筈だ）

大きく頷いた後、弥九郎はほっとしてもいた。騒ぎが起きた時を狙い、他を襲うのは、昔からある戦いの定法だ。しかし恵吾は西之丸を守り、姿を現さなかったからだ。

だが、己が襲われたことを使い、心配事を片付けていたせいで、弥九郎の着物は、大きく、赤く染まっていたらしい。現れた兵藤が青い顔で騒ぎ始めたので、ようようそれに気がつく事になった。

六

弥九郎は兵藤に、とりあえずの手当をしてもらうと、怪我のことはしばし伏せておいて欲しいと頼み、そっと西之丸御殿から帰っていった。

怪我を見て、城中での抜刀を知った兵藤は、初め、事を大騒ぎにしそうな程、怒った。だが弥九郎から、大事な頼み事をされると、嘘のように落ち着き、後を引き受けてくれた。

「兵藤殿、今日の夜が来る頃、西之丸御殿出入りの者に、手が腫れ上がった御仁が現れます。忍びあがりの医者を訪ね、その噂を摑んでいただきたい」

忍びが今、弥九郎を襲った者を追ってはいる。だが、西之丸御殿の中奥から現れ、斬りつけてきた者は、件の裏切り者に違いない。確かな証を摑む必要があるのだ。

すると兵藤は、あっという間に算段を付け、武だけの男では無い事を示してきた。

「任せておけ。こう見えても西之丸御殿の奥では、大声で言えぬ事を時々処しておる」

着物の上から腹に晒《さらし》を巻いて血を隠し、手負いで組屋敷へ帰る時、要らぬと言ったのに、兵藤は配下の者まで付けてくれたのだ。

だが甲賀者達は、兵藤ほど優しくはなかった。組屋敷へ着くと、西之丸御殿の甲賀者が伝えたのか、既に薬と医者が弥九郎を待っていてくれたのは、有り難かった。しかし、ついでに友と長まで現れ、痛みが何倍かになるほど叱責が降ってきた。怪我を利用して、裏切り者をあぶり出すことにしたと言った所、甲賀の一と言われている男が、そんなやり方しか考えつかぬのかと、更に説教を喰らった。

夜には、宗十郎頭巾を追った忍びから、組屋敷へ知らせが入った。翌日には兵藤から、頼んでおいた件の知らせがもたらされる。敵方の配下や味方も調べる為、組屋敷の甲賀忍びが江戸の四方へ駆け出た。

その後、晴れと薄曇りが続く中、伊賀や根来の忍び達に要らぬ事を聞かれたくないと、弥九郎は病と称して休みを決め込み、百人番所での勤めを代わってもらった。たまに弥九郎へ、城での話を伝えてくれる忍びもいたが、蔵人と十郎は、先から用意していた事を進めるとかで、一人傘張りをする弥九郎を放っていた。

そしてしばしの後。夜から空模様が怪しくなると、次の日、空に稲光が走った。江戸では冷たい風が吹き、日中の八つ時だというのに、辺りが暗くなっていったのだ。

そして雨が降り始めると、間も無くもの凄い勢いとなり、一帯に雷鳴まで響き渡った。稲光は凄まじく、近くの木にでも落ちたのか、組屋敷にも、ものを切り裂くような音が響き渡り、耳に痛かった。

するとその日の夜、長の屋敷にて、何人もの甲賀忍びが、江戸城本丸の出来事を伝えた。江戸城では、甲賀の組屋敷など比べものにならぬ程、轟音《ごうおん》が鳴り響き、腹に打ち付けるがごとき音の、もの凄い雷に見舞われたという。更にと、忍びは言葉を続けた。

「雷鳴は長きにわたって響きましたが、寸の間、静かになった時もあったのです。だが、その時、城内が底から白く光り申した」

雷の直撃を受けたのか、一帯を重い音が包み、揺らし、本丸御殿は悲鳴に包まれたらしい。落ちたのは大奥のある御殿の北側の端とかで、眩しい光を見た者が相次ぎ、御殿の表では、人が駆け回ることになったという。

大奥の、中奥に近い東の台所辺りに、雷が落ちた。

誰も、巻き込まれてはいない。火の手も上がってはいない。

だが大奥の、ある井戸の辺りが黒焦げとなった。

「そういう噂が流れたゆえ、西之丸出入りのお庭番、定之助殿が本丸へ走り、懇意の表坊主に委細を確かめておいでした。西之丸御殿の方々は、子細を摑んでおいでです」

ただ忍びによると、本丸は大騒ぎだったゆえ、確かな話はなかなか聞けず、定之助は話を摑むのに時がかかっていたらしい。

その内、大奥から中奥へ、剃髪《ていはつ》した御坊主という役職のおなごが呼ばれ、事情がより分かるようになった。大奥は今も、上を下への騒ぎの中にあるが、怪我人も出ず、幸いだったと知れてくる。

その後側用人《そばようにん》が、大奥の御表使役と話をすると、事は静まっていった。井戸も台所も、暫くは大奥内の他の場所を使い、何とか過ごすことになるという。長が笑うように言い、頷いた。

「まあ、それ以外、やりようもない事だろう。本丸の方々とて、雷の仕業に腹を立てる訳にも、いかぬだろうさ」

落雷は大事だったが、速やかに始末に向かい、終わって行くかに見えたのだ。後は、大奥がいかに事を始末するか、忍び達が今後も話を集めると決まる。

ところが翌日、くノ一が新たな本丸の騒ぎを、長の組屋敷へ伝えてきた。

「大変でございます。雷を受けた大奥にて、下働きの御末達が、一斉にお役を辞めたいと言い出したよしにございます」

大奥を仕切る御年寄は、最初、雷ごときで何を狼狽えるのかと、御末達に怒ったという。だが、じきにその事情を知ると、今は御末達を宥《なだ》めているというのだ。いつの間にやら奇妙な噂が大奥に湧いていたと、くノ一は語った。

「このたび雷が落ちたのは、紅葉山に廟所《びょうしょ》のある歴代将軍の御方々がお怒りになったからだと、大奥で噂が回っておりました」

その訳だが、何と将軍家の御血筋を、呪った者がいるからだという。御末達は噂に震え、怒り、大勢が大奥を離れると言い出した訳だ。

「下働きに出て、呪いに巻き込まれるなど、嫌でございます。それに、公方様の御血筋を呪うなど、やって良い事ではございません」

大奥の御年寄は、何かを承知していたのだろうか。とにかく雷の片付けが必要な時、下働きに大勢辞められては、困り果てる。大奥は更なる騒ぎに包まれていたのだ。

すると、この騒ぎを素早く抑えた者が現れた。将軍が自ら雷の始末を命じ、嵐の後片付けは大事だろうと、御台所へ、多くの甘いものを届けたのだ。その甘味は、雷の後始末をしている者達へと下げ渡された。将軍と御台の言葉により、騒ぎは呪いではなく、雷ゆえのものと決まった。気を病む御末は減り、大奥は一息つくことになった。

ただ。この一件の後、西之丸の天井裏に貼られていた怪しい札の噂話が、いつの間にか広まった。西之丸が呪われた件は、実は本当にあった事として、多くが承知する話となったのだ。その話は更に、お城出入りの商人達の口から、江戸の町中に知れていった。

「これでもう御殿に、呪詛の札が貼られることはございますまい」

蔵人と十郎が、西之丸中奥で告げる事になった。

七

俗に、青山《あおやま》甲賀町と呼ばれる千駄《せんだ》ヶ谷《や》の甲賀組屋敷へ、思わぬ客が現れた。一橋の若君、豊千代君の小姓伊藤が、弥九郎の暮らす狭い組屋敷へ見舞いに来たのだ。

弥九郎は、せっせと励んでいた傘張りを休み、一橋家の小姓殿と向き合った。すると伊藤は、随分具合が良さそうだと笑い、それは立派な見舞いの品を差し出してきたのだ。

「熊野蜜《くまのみつ》です。滋養になる品ゆえ、怪我の治りも早くなりましょう」

弥九郎は、誠にありがたく蜂蜜を頂いたが、同時に、ひやりとした思いも抱えてしまった。

（おれは、病で休んだ事に、なってなかったか？　狙われ、怪我したことは、僅かな者にしか伝えていないが）

甲賀の忍びか、西之丸御殿の一部しか、事を知らぬ筈と思っていたのだ。江戸城中で襲ってきた者達は、数を頼みに弥九郎を囲い、襲った場を見られぬようにしていた。見られたとしたら、弥九郎が石垣を駆け抜けた場だけだ。しかしあれを見たとて、襲撃や怪我の件を得心することは無理に違いない。

（なのにどうして伊藤殿は、おれが怪我をしたことを承知しているのだろう？）

気になってしまうのは、弥九郎が斬られた場所が、話をするのもはばかられる、江戸城中であったからだ。騒ぎを起こした当事者ゆえに、襲った側ではなく刺された弥九郎が、厳しい顔を向けられかねない。

（それゆえ組屋敷へこもり、口をつぐんでいた。なのに、見舞いの品が目の前にあるぞ）

弥九郎は薄ら寒い思いを抑え、笑顔で、正面から伊藤へ問うてみることにした。

「さて怖い事。一介の御家人であるこの身の不調を、伊藤殿がどうしてご存じなのか」

すると伊藤は堂々と、噂の一言で押し切ってきた。

「若君の豊千代様が、弥九郎殿が怪我したとの噂を聞き、心配されましてな」

弥九郎は思わず、言い返したくなって困った。

（あんなに小さな若君が、おれの怪我を、どうやって掴んだというんだ？）

何でも若君のせいにするなと思ったものの、伊藤がそれ以上、話してくれるとも思えない。苦笑を浮かべて引き下がると、伊藤はここで、わざわざ甲賀を訪ねてきた事情を語り出した。

「せっかく参ったのです。今日は弥九郎殿に、聞いて欲しい事がありましてな」

思わず目を見開いた弥九郎へ、伊藤は、こう言ってきた。

「一橋家は西之丸様に、ご迷惑など掛けてはおり申さぬ」

「はて、何のことやら」

伊藤の話によると、西之丸が甲賀の忍びを頼りにした事を、一橋は早くから承知していたらしい。それゆえか、その忍びが何と城中で襲われた事も、早々に掴んでいたのだ。

さらには一橋家が、西之丸との対立を、疑われかねない立場だという事も、十分承知しているようだった。敵方とみなされるのを厭い、今日伊藤をわざわざ甲賀の組屋敷へ寄越し、蜜を差し出したということらしい。

「弥九郎殿は百人番所を出た先、御金蔵を過ぎた辺りで怪我を負われた。数人にいきなり、襲われたようですな」

ここまではっきり事情を語られると、否とも返せない。

（一橋様は、百人番所を気にしておいでだったのか。それとも忍び達全ての動きを、掴もうとされているのか）

伊藤は、少々興奮した顔で、話を続けていく。

「魂消た事に弥九郎殿は、城の石垣の中程を駆け抜け、助かったのだとか」

やはり忍びは、逃げ方からして違うと、伊藤は妙な褒め方をしてくる。更に甲賀は、仲間への手出しを、許しはしなかったようだとも言ってきた。

「その後、お庭番が何人か、遠国《おんごく》での御用に出たが、戻る当てはないと聞きます」

お庭番と甲賀は定之助を仲立ちに、上手くやっていると思っていたから、双方が揉めた事を、一橋は不思議に思ったらしい。だが事情は直ぐに、はっきりした。嵐の日、あり得ない事が起きたからだ。

「本当に、心底驚き申した。弥九郎殿、この徳川の御世に、江戸城の一部が吹き飛んだのです」

勿論、悪天中のことだから、あれは雷の仕業に違いない。そうでなければならない。

「火薬が使われたなどという噂は、出てはならぬのです」

伊藤は弥九郎の顔を、見据えてくる。徳川の本丸、江戸城の御殿に手を出す者など、いてはならないのだ。

「するとその後、大奥の高名な御年寄が体を壊したとかで、お役を退かれました。隠居とは唐突に思いましたが、訳はじき知れました」

御年寄の部屋子の一人に、西へ消えたお庭番の身内がいたのだ。そのお庭番は、西之丸御殿へも出入りをしていた。

「その御年寄は、西之丸御殿を意のままにしようとしていたのです。大奥が将軍家世子の件に口を出す事は、今までにもあり申した」

大奥御年寄は、大きな力を持つと言われて久しい。多少の無理をしても、大奥が背後にあるゆえ、びくともしない。その考えが当たり前だったのだ。

だが雷が鳴った日、その当たり前が変わった。

「今回は無理をしすぎ、大奥の台所が吹っ飛んだ。揺るがぬ立場だと思われた御年寄が、あの一撃で、大奥を去る事になったのですよ」

すると、将軍が素早く事を収めた。大奥の台所は今、早々に修理されているのだ。

「吹き飛んだ台所で火薬が使われたかどうか、分からなくなりました。いや、あの騒ぎは、雷の仕業でしたな」

とにかく、大奥が西之丸御殿へ手を出すことはなくなり、世子家基は守られたのだ。

「家基様を守る方々は、本気だ。一橋はようく分かっております。そして分かっている事を、甲賀も承知して頂きたい」

頷いた伊藤がやっと話を切ったので、弥九郎は溜息を漏らし頷いた。

「ああ、伊藤殿の話の、肝心な所が見えてきました。あのぉ、今回一橋様が、消えたお庭番とも、大奥の御年寄とも関わりが無かったことは、甲賀も承知しております」

それを調べず、事を終わらせる西之丸御殿ではないと、弥九郎はあっさり伝えた。だが伊藤は、その顔に今も、厳しさをたたえている。

「甲賀の忍び方は、今、西之丸様を守っておいでだ」

西之丸家基に、一族の明日を賭けているのだろう。その為なら、要らぬ事をすると睨んだ者へ、雷のごときものを見舞う。

「となると……我ら一橋家の者は、心配を抱えてしまうのですよ」

「心配、ですか」

「家基様が、ただ一人の和子であられるから、要らぬ噂を話す者もあると思うのです」

恐れ多くも一橋の豊千代君のことを、先々の将軍候補などと言う者もいるからだ。そして人の口に、戸は立てられなかった。

「どこぞの忍びが、誤解をしては困るのです。一橋様はお優しい。和子様はまだ小さい。それを考えず、当家の屋敷の台所を吹っ飛ばすような事は、していただきたくないのです」

（おや、今回、一橋は関わっていないと、甲賀忍びが言っているのだ。なのに伊藤殿は、まだ不安らしい）

もしかすると、伊藤は、こちらを試し、弥九郎達がどう返すか見ているのかも知れない。それだけ、江戸城本丸を襲った一件には、多くが衝撃を受けたという事だろう。

（蔵人は、見事にやりおったわ）

弥九郎はここで、ふっと笑みを浮かべた。せっかく高直《こうじき》で貴重な蜂蜜を、見舞いの品として持ってきてくれたのだ。一つや二つ、正直なところを伊藤へ伝えねば、申し訳ないというものであった。

（我ら甲賀の者は、全力で西之丸様を、お守りすると決めた。おれの腰が引けておっては駄目

だな）

よって、丁寧に答えてみる。

「伊藤殿、御主家の台所が吹っ飛ぶなどというご心配は、必要ないかと思います」

「おや、嬉しいことだ。本当だな？　信じても良かろうな？」

「ご承知の通り、一橋様のお屋敷は、大手御門と平川門の間、大手濠の外側にございます。大手濠と、その一つ外側の濠に挟まれた、場所でございますね」

一橋家の、三角になっている土地の南側には、大名家がある。だが西も東も、広く濠に囲まれているのだ。となると。

「忍びとして言わせていただく。もし一橋家で火薬が使われるなら、台所のみという話には、なりませんでしょう」

一橋家ならば大名屋敷を全て、一度に吹き飛ばすことが出来ると弥九郎は言い切った。しかも他の大名屋敷には迷惑を掛けずに、事をなせるだろう。

「そういう土地に建つ大名家は、珍しゅうございますな」

目の前にある伊藤の顔が、見事なほど引きつっていく。

「一橋屋敷全てを吹き飛ばすなど、とんでもない。親切に、お庭番と御年寄の事を伝えたのに、返す言葉がそれかっ」

弥九郎は、伊藤の話を思い起こした。

「ああ、先程のお話ですか。あの話には名が抜けておりましたな。西へ消えたお庭番の頭は、野尻文左衛門と申します」

　繋がりのある御年寄の名は、秋嶋《あきしま》。その部屋子に文左衛門の姪《めい》がおり、お美津《みつ》という名だと弥九郎は続けた。名前を並べられ、伊藤が目を見張る。

「文左衛門の姪は、町人に嫁いだ妹の子でして。大奥とお庭番文左衛門との繋がりが、噂になっていなかったのは、そのせいでございましょう」

　弥九郎はここで、己からも伊藤へ寄ると、足らぬと言い切った。冷たい、つれない声に聞こえるよう、言葉を操った。

「こちらが既に摑んでいることを話しただけで、忍びに配慮を求めても、無駄というものでして。伊藤殿、一橋家は払いが足りませぬ」

「おや、どんな払いを、我らに求めておるのかな」

「例えば……斑猫の毒や、呪詛の札の背後に、誰がいるのか。そういう話が、聞きとうございますな」

　途端、伊藤が笑い出し、芝居でなく、弥九郎の目つきが険しくなった。

八

　伊藤は慌てて口元を押さえ、それでも笑いを抑えられない顔で、弥九郎を見てきた。そして弥九郎の問いに、躊躇うことなく答えてくる。

「ここ暫くの事しか知らぬが、斑猫の毒を手に入れた御仁は、多くいますな。その毒を作った者がいると、表坊主を通して話が回ったんですよ」

正直に言うがと、一橋の配下にも興味半分、毒を購った者がいたと伊藤は続けた。それで斑猫の事を、承知しているのだ。

「大奥にも一人ならず、買った方がおいでだとか。表坊主ときたら、江戸城本丸御殿の方々に、声を掛けていったのです」

何しろ、滅多に手に入る物ではないので。伊藤がそう言葉をくると、弥九郎はその先を求めた。

「それで？　最初に斑猫の毒を作らせたのは、どこのどなたかな？」

証など無くてもいい。毒に関わった医者と、表坊主の名、そして話の広まり方が分かれば、事を始めた者の名は察しが付くだろう。

「話していただきたい」

伊藤は、両の眉尻を下げた。

「弥九郎殿、先程からそれがしに、色々問うてばかりだな。屋敷に帰ったら、それがしも殿へ、なにがしか、今日の話をせねばならぬ。少しはこちらへ、事情を伝えてはくれぬか」

「はて、何を知りたいと言われるのか」

火薬の事を聞かれても、話すはずもなかった。それを互いに承知しているからか、伊藤は一つ首を捻《ひね》ると、問うてくる。

「西之丸御殿にいた裏切り者の名と、御身を襲ってきた者達の、背後にいた御年寄の名。どうやって摑んだのかな」

弥九郎自身が関わった事だったから、伝える事に決める。根来や伊賀など、忍びの者であれば、察しが付く事であった。

弥九郎はにこりと笑うと、一寸の間に、目の前にいた伊藤の手首辺りを摑んでいた。互いの間が狭かったので、造作も無い事だったが、伊藤が目を見開いている。

「それがしを襲った者は、目立ちたくなかった為か、脇差しで切りつけて参りました。実は鎖帷子《くさりかたびら》を着物の下に着ておりましたので、大怪我をすることはありませなんだ」

甲賀は西之丸に出入りを始めてから、百人番所での仕事中にも、鎖帷子を身につけている。よって簡素な作りの帷子を選んでいた。

「脇を全て覆ってはおらず、そこを少々刺されました」

だがその時、弥九郎は刀を持つ相手の手を、摑んでいた。

「襲ってきた方は、手が痒《かゆ》いと思ったやも知れぬが、それがしを追うのに気を取られ、確かめてもいなかったと思います」

弥九郎は、西之丸御殿内でも襲われたが、そこでも相手の手を摑んでいる。

「夜になる頃には、手は水ぶくれになり、痛んだでしょう。水で洗っても、無駄だったと思います」

伊藤が慌てて手を引いたが、弥九郎は笑い、今日は大丈夫だと告げた。

「手当の仕方を心得た医者は、多くありませぬ。忍びの末である医者を頼るのが、確かでしょう。だがそんな者を頼ると、こちらへ話が筒抜けになります」

伊藤が、大きく息を吐いた。

「そうでしたか。忍びは戦国の頃から、医術の心得もある者が多い。そう聞いていたのに、戦う様を知ると、そこを忘れてしまいがちだ」

やれ、いがみ合う相手になりたくないものだと、伊藤が首を横に振っている。弥九郎は、最初に斑猫の毒を作らせたのは、どこの誰なのか重ねて問うた。

すると伊藤が、思いがけない素直さで、語ってくる。証は無く、己の考えだがと、まずは断った。

「縁のある医者に毒を用意させたのは、田沼様。田沼意次御老中だろう」

途端弥九郎は、口をへの字にした。その名は意外なものでは無かった。今までにも、何故だか田沼老中の名が、何度も聞こえてきている。だが、それでも。

「訳が分かりませぬな。どうして田沼様が、西之丸様を廃しようとするのか」

田沼老中は、将軍家治の信任が厚い。家治に一万石の大名から、三万七千石にまで加増してもらい、老中にまで上り詰めた。まさに、立身出世の人であった。

そしてその出世は、田沼家の先代から始まっている。親は元々紀州藩の、身分の軽い足軽だったのだ。それがまず徳川吉宗に登用されると、将軍となった主と共に江戸へ下り、出世を重ねていった。家治の時代、意次は天下を動かす者となっている。

「田沼様は余りの出世に、古き考えの方々から、そしられることもおありだ。しかし政《まつりごと》をいかに進めるか、はっきりとしたお考えをお持ちだと聞く」

敵も多かろうが、老中として、使えぬ暗愚ではないのだ。弥九郎は、思わず言った。

「そんな方が、家基様を敵に回して何になるのだ？　訳が分からぬ」

余りに真っ直ぐ、本心を口にしたからだろうか。一寸、きょとんとした伊藤が、酷く面白がっているような顔になる。それから、更に話を聞くかと、弥九郎へ問うてきた。

「次の話こそ、この身の勝手な考えだ。一橋家は御老中とご縁があるので、それがしは田沼様と、お会いした事がある。話を聞きもした。その人となりも、少々承知している」

あの出世頭の偉いお方と、一橋家がどう付き合って行くべきか、豊千代君のためにも、伊藤は腹を決めておく必要があったのだ。

「わしは……当家の若君の為、あの御老中には気を許さぬ」

「ほう」

意外な話が一橋の小姓から漏れ出てきて、弥九郎は目を見張る。余所へは言わないようにと念を押してから、伊藤の言葉が続いた。

「あのお方は、元足軽の息子だ。しかし、父御とご自分の器量で、天下を動かす所まで登った」

それは正しい。今、田沼老中は、臣下としてその立場を極めたと、伊藤は頷いた。

「そういうお方だからか、田沼様は、将軍というお立場に、何かこだわりがあるように思えるのですよ」

「こだわり、ですか？」

「いかに出世をなさろうとも、田沼様は、将軍職に縁はござらぬ。そういうお生まれでは、ないので」

　そこが御三卿の一、一橋家の豊千代とは違った。家基のように、将軍嫡子として西之丸御殿へ入ることは、田沼にはない。八代将軍の孫で、田安家の生まれである松平定信とは、生まれが異なるのだ。

　生まれは、出世とは違う。努力では、乗り越えようもないものであった。

「それは、その……当たり前なのでは？　田沼様は、将軍家の血を、引いておられぬのだから」

　伊藤は頷き、勿論、そんなことは田沼老中も、百も承知だろうと言う。ただ。

「例えば田安家の松平定信様が、養子に出された時、話を取り持ったのは田沼様だとか」

　大名家へ養子に行けば、将軍職に就くことは、もう出来なくなる。田安家では、当主に世継がおらず、その話を歓迎しなかったのだ。

　しかも一旦話がまとまった後、兄御が亡くなられたので、定信に田安家を継がせたいとの話が出たとき、老中田沼は承知しなかった。松平定信の先々を、田沼が決めたようなものであった。

（ああ、いつぞや聞いた、田安家の話だ）

弥九郎が頷く。田安家当主になっていれば、定信には将軍職に就く機会が、あるかも知れなかった。

「田沼御老中は己の頭の上に、何としても越えられない血筋の壁を、感じておいでなのかも知れぬと思う」

それは低い身分の頃、出会うはずもなかった気鬱《きうつ》だろう。周りに、将軍の血を引く者達が居るような立場になって、初めて日々その壁を感じたのか。

「だからといって平素田沼様が、その気鬱に、振り回されている訳ではないのだ」

家治には変わらぬ忠義を尽くし、引き立てられている。

「ただ定信様には、冷たい対応をされたように思えたのだ」

定信は、将軍になれる立場のままか、無理になるかの、瀬戸際に立った事があるのだ。そして定信は、老中田沼の判断ゆえに、将軍職につく望みを失った。

「今とて、そうだろう。将軍家のたった一人の若君が、これから正室を迎えられる時なのだ。斑猫の毒に手を出す必要など、ない筈だ」

田沼が動けば、他にも毒を手にする者が出る。老中が手を下さずとも、誰かが巡ってきた機会を摑み、斑猫の毒を使ってしまうかも知れないのだ。

「そういう方だから、この伊藤は、豊千代君を、あの方と関わらせるのは嫌なのだ」

先に医者が江戸城中で倒れた時も、伊藤が知らぬ間に、豊千代が見舞いに行く話ができあがっていた。あの話にも田沼老中が関わっていたと言われ、弥九郎は目を見張った。

「あの、それがしが占いをした時の、御見舞いでございますよね？　一橋様が、是非にと言われたのではなかったのですか」

伊藤は首を横に振る。

「豊千代君は、まだ幼くておいでだ。今はご健勝で、よく学ばれるのが一番。派手に振る舞われる必要は、無いはずだ」

そしてあの日豊千代は、医者だけでなく、礼を言うため、田沼老中にも会っていると語った。

「そうでしたか」

「御老中は、我が若君と話し、どのような御子か、見ておこうとされたのではないか。ふとそんな気がして、あの日は気が立っていた」

そんなとき、伊藤は甲賀の忍びから、豊千代が長生きをすると聞かされたのだ。あの話には本当に、感謝していると言ってきた。

（毒の件、背後で動かれているのは、田沼様か？）

証はない。だが気になる伊藤の話を聞き、弥九郎は眉間に皺を寄せる。

（将軍職になれるものを、厭う心か）

空恐ろしい思いだという気がした。遥か高みに登った者だけが、出会う闇かも知れなかった。

第五章

甲賀と伊賀

一

甲賀の忍び弥九郎は、江戸城に近い、神田橋御門《かんだばしごもん》側の空を飛んでいた。

もちろん忍びのことだから、忍具の打鉤を使ってのことだ。打鉤は、縄の先端に鉄製の鉤が四本付いているもので、先は朝顔の花が咲くような形になっている。弥九郎はその打鉤を両手から四本飛ばし、己の身を自在に操っていた。既に暮れ六つも過ぎ、辺りは闇に沈んでいる刻限であった。

江戸城の内堀に架かる橋が、夜目が利く弥九郎の下を過ぎて消えると、直ぐに大名屋敷の瓦屋根が、波のように連なり迫ってくる。弥九郎が音もなく降り立ったのは、老中田沼意次の拝領屋敷であった。

本丸の東側、濠に囲まれたこの一画には、それは大きな大名屋敷が、十ほど固まって建っている。

(ここに上屋敷を頂いている田沼御老中は、今、三万七千石の大名であられる。いや、出世をなさったものだ)

老中が十七で家督を相続した時、田沼家は確か、六百石の旗本だったはずだ。それが今や大名となり、江戸城近くに屋敷を構えているのだ。甲賀の小さな組屋敷で、物知りの十郎が語ったところによると、田沼家が今の上屋敷を拝領したのは、十年と少し前、まだ二万石の領主であった頃だという。

（これ程江戸城に近い辺りでも、大名屋敷が場所を移る事が、ままあるようだ。この屋敷の前の主も、立ち退いているのだから）

主が政で立場を失うと、江戸城本丸近くに屋敷を持つことは、叶わなくなるわけだ。屋敷の前の主が誰だったのか、もはや覚えている者の方が少なかろう。

（田沼様は、どこまで出世なさるのだろうか）

そんな老中はただの御家人から見ると、雲の上のお方だ。なのに弥九郎は今宵、その老中とそっと会うつもりで、屋敷の屋根に来ていた。己で決めた事ながら、正気なのかと思えてくる。

（それでも……行かねばならぬ）

一橋家の小姓伊藤が、弥九郎の見舞いと称して甲賀の組屋敷を訪れ、老中と斑猫の毒の関わりについて語ったためだ。若君殺しの名で知られる〝斑猫の毒〟が広まったのは、田沼老中ゆえの事と伊藤は告げていった。

（一橋家は次期将軍候補と、秘かに噂される豊千代様を擁している。その小姓の言葉を、ただ信じるわけにはいかん。それは分かってはいるが、それでもあの話、捨ててはおけぬ）

だから弥九郎は、今宵老中と会いに来たのだ。だが、田沼家の屋根に立つ弥九郎は、ここで小さく笑った。

今宵の無謀については、甲賀の長達も承知している。だが、若者の行いを諫《いさ》めるべき面々が、今回は、けしかける側に回った。それはひとえに、怯えがあるゆえだ。

(西之丸様が万一亡くなれば、忍びとして勤めるという甲賀積年の願いが、叶わぬ事になる。若君殺しの〝斑猫の毒〟を使う者を、甲賀は許しはせぬ)

西之丸は甲賀にとって、多分もう二度と得ることが叶わぬ、大事な大事な希望、一筋の蜘蛛《くも》の糸なのだ。

その必死な思いは、怯えと怒りに化け、弥九郎達甲賀者を無茶へと誘う。甲賀は何としても、少しでも、毒を購ったという老中の、腹の内を摑む事に決めたのだ。老中という立場の者が敵に回れば、西之丸の身は真実危うくなる。

(だが田沼家へ来はしたものの、御老中の言葉を聞くあてはさっぱり無いな。さて、何とすべきか)

ここまで危うい役目をこなすのは、弥九郎は初めてだった。甲賀者として、長く鍛錬を続けてきてはいるが、今の世、そもそも対峙する大大名の敵などいなかった。

(今宵の働きこそ、忍びの、本来の役目か)

一寸、震えが足下から湧き上がってくる。それを強引に押さえると、老中の居場所を探る為、弥九郎は夜目の利く眼差しを、広大な田沼家の屋根へと向けた。

二

出世を続けてきた田沼老中は、そろそろ還暦の今、幕臣として最高の立場に昇っている。そしてそれゆえに、数多の噂に包まれ、どういう者なのか、しかとは分かりにくくなっているのだ。

もっとも甲賀は田沼老中について、二つ、確かな話を摑んでいた。

一つは若い頃、それは整った面の殿御だと、大奥のお女中達から、役者並みに騒がれていたこと。もう一つは、前々より利発な者とされ、その英明さが知られているということだ。

（賄賂《わいろ》が好きだと言われ、黒い噂の尽きぬお方でもある。しかし、国を率いるのに力量が足りぬとか、使えぬという話は聞かぬ）

弥九郎はこれから、そんな正体の見えない老中と、会わねばならなかった。こちらから声を掛けねば、まず話は出来ないのだが……その一瞬こそ危うい時だと分かっている。夜の中から現れ出《い》でた怪しい者に、老中が家臣らを呼ばず語るとは、およそ思えないからだ。

（考えれば考える程、無謀な務めだな）

弥九郎は今宵ずっと、話しかけ方を悩んでいたが、屋敷の屋根を見渡した途端、別の悩みにも包まれた。田沼家の拝領屋敷の屋根は、思いもかけない程大きく、弥九郎に頭を抱えさせたのだ。

御家人ゆえ、大名家に縁などないが、打鉤の技を磨くため、大名屋敷の上を飛んで過ぎることはある。その経験からすると、眼下の屋敷は余りにも広かった。

（田沼様は、一気に出世された。石高《こくだか》関係なく、江戸城近くの屋敷を拝領したに違いない）

　弥九郎が立っている屋敷は、ずっと石高の高い大名家の屋敷だったと思われた。こうも広いと、三万七千石の田沼家がどれ程の家臣を上屋敷に住まわせているか、とんと察しが付かない。人の声も聞こえず、主の部屋がどこにあるのか、さっぱり分からなかった。

（落ち着け、大名屋敷なのだから、表、中、奥がある作りのはずだ。庭の様子などから、主の間がどの辺りか察しはつく）

　ふと思いついて、表門近くの屋根から打鉤を使い、高く飛び上がってみる。すると屋敷は、庭内に板塀が妙に多くある細長い作りだと分かった。家臣達が住む長屋は、表門の反対側、屋敷奥の庭に行儀良く並んでいた。

（これは助かった。多くの家臣らが、あの遠い侍長屋にいるなら、見つかる危うさが減る）

　庭の様子から、主の居室は門を背に右手だろうと考え、屋根の端近くを進んでみる。すると屋敷中程の一角に明かりを見つけ、弥九郎はほっと息をついた。四角く庭を区切っている板塀へ飛び移り、一部が開いた障子戸の奥へ目を向けると、小姓らしき姿が見えた。

（間違い無かろう。あそこが御老中の部屋だ）

　ただ壁や他の障子戸に阻まれ、表から老中の姿は見えない。他に警護の者がいるかどうかも、摑むことは出来なかった。

（さあ、どうやって話しかける）

弥九郎は腹を決め、次の手を打った。塀から降りて小石を拾うと、部屋に面している庭の奥、離れた塀近くへ投げ、わざと怪しげな音を立てたのだ。

（さて、小姓殿はどうする？　見にゆくか？　他に人を呼ぶか？）

すると部屋奥から、まだ若い小姓が現れたものの、外廊下から庭へ目を向けるのみで、主のいる部屋から離れようとはしない。しかも、他に誰も現れないので、弥九郎は首を傾げてしまった。

（おや、主の部屋近くで、不審な物音がしたのに、何でこんな対応になるのだ？）

目を見開いていると、ここで部屋から落ち着いた声が聞こえてきた。声の主が、庭を確かめてくるよう申しつけたので、小姓の姿が外廊下の先へ消える。弥九郎は好機と承知し、屋根へ上がると、決意をし、上から主へ声を向けた。

「恐れながら、御老中へ申し上げます。庭で物音がした場合、家臣の方々を呼ぶのが、正しい判断かと思われますが」

途端、さっと障子戸が開き、ようよう主が外廊下へ顔を見せてくる。大奥の女中達を騒がせたという姿は、還暦近くになり老いていたが、贈り物で肥え太ることもなく、今も細身であった。

「何者か？」

「忍びでございます。一橋様の小姓、伊藤殿が御老中について、気になることを話していかれました。それゆえ恐れながら、その真偽を確かめに参りました」

大急ぎでまず、興味を持って貰えそうな名を出すと、老中の口の端が、くいと引き上げられた。

そして……家臣らを呼べと、最善の対処を勧めたのに、老中は大きな声を上げない。よって弥九郎は、今宵どういう態度を取るか腹をくくることになった。

(己を晒そう。そんなことをすれば、この場から逃げても、後で捕まりかねぬが)

しかし、それくらいしなければ、老中と話など出来そうもなかった。己は敵ではないと、直ぐに示さねばならない。

「甲賀の、滝川弥九郎と申します」

思い切って告げると、老中は頷き、人を呼ぶ代わりにつぶやいた。思いも掛けない程、事情通であった。

「西之丸様が、御殿に引き入れた甲賀者だな。確か忍びは三人で、弥九郎と十郎、蔵人と言ったな」

ここで老中は弥九郎に、顔を見せよと言ってくる。そして甲賀者が、真実話をしに来たのなら、返事をしてやろうとも言ったのだ。

「それがしをご承知とは。ご無礼つかまつります」

打鉤を使い、老中が目を見開いた時、庭に降り立っていた。だが声を掛けられる前に、また飛び上がり夜の内へ消える。小姓や他の家臣が、いつ現れるか分からなかった。

老中はほんの一寸、弥九郎を見たような格好になったが、直ぐに笑みを浮かべる。

「ほう……これが忍びの技か。なるほど、西之丸様が面白がられたわけだ」

そして天下を動かしている老中は、ただの忍びに嘘をつかなかった。

「話してやろう。して、何を知りたい？」

弥九郎は気がかりを、正面から問うた。問える時は、余りにも短いと分かっている。

「御老中、斑猫の毒を求められたのは、本当に御身様なのでしょうか」

一橋の伊藤は、田沼老中が剣呑な毒へ手を出し、それゆえに若君殺しで有名な斑猫の毒が、広まったと言ったのだ。すると外廊下から、忍びやかな笑い声が上がってくる。

「一橋の小姓は、日頃愛想が良いのに、怖い事を言う。わしは斑猫の毒を、確かに手に入れた。だがな」

田沼老中も、思いがけない毒の噂を聞いたので、求めてみたと言うのだ。本当に出回っているものか、確かめる為だ。

「あの毒、欲しいと言ったら、直ぐに手にできたぞ」

ただし鉄砲百人組の頭によると、斑猫の毒などこの世にないそうだと、笑うような言葉が続く。

「さて甲賀の忍びは、医者の腕も持つと聞くが、その頭が、毒に詳しいのかは分からぬな」

弥九郎は次に、またも、魂消るような問いを向けてしまった。こうして話せる機会など、二度と無いかも知れない。運も命も、賭けるのならば今の筈であった。

「あの、御老中は将軍職を、目指された事がおありでしょうか」

「は？」

さすがに、こんな問いを向けられたことは、今までなかったに違いない。老中が黙ってしまったので、弥九郎は急ぎ言葉を続けた。

「そのっ、御老中には、将軍職になれるものを、厭う心がおありのようだ。そんな噂を、語った御仁がおられまして」

老中の声は、落ち着いていた。

「それを言ったのも、一橋の伊藤であろう。さて、何故そう思ったかのぉ」

「……田安家の定信様を、養子に出された件のせいかと、思われます」

伊藤は、田沼老中があの件で、定信を将軍になれない立場へ追い込んだと思っているのだ。

だがその答えを耳にした田沼は、はっきりと笑った。

「おや、要らぬことを考えておる者がいるようだ。西之丸様がおられ、ご健勝でおいでだ。定信殿も、一橋の豊千代殿も、次期将軍の話をすべきではないな」

一橋家や田安家が、次の将軍職について語るのは、その座に望みを抱く無礼者だからだと、老中は言い捨てる。それから、闇に包まれて見えない弥九郎へ、己は臣下だと、はっきり言い切った。

「お主達甲賀は、一門の先々を、西之丸様に賭けておろうゆえ、教えてやろう。わしは将軍家に連なる方々を、厭うた覚えはある」

ただ訳は、伊藤が考えているようなものではない。将軍家に近い者達は、幕政の結果を受け止め、責めを負う覚悟もないのに、口だけ差し挟んで来るからだという。

「良き生まれの方々は、その行いを、当然だと思っておられるようだ。余人がおらぬゆえ言うが、わしは、うんざりしておる」

　成り上がり者の己とは、反《そ》りが合わない方もいると、含み笑いが続く。弥九郎は、眉根を寄せる事になった。

（やはりと言おうか、伊藤殿と田沼御老中の話は、食い違うな。つまり、御老中の話ばかりを、信ずるわけにもいかぬようだ）

　それでも、他にも話を聞きたいと、弥九郎はまた口を開こうとした。だがその時、老中の方から、話が向けられた。

「わしは、家治様あっての成り上がり者。家基様にはお会いした事もあり、今の上様同様、この身を信じてくださる事を願っておる。わしを心配せずともよい」

　そして甲賀は老中より、他に案じねばならぬことを抱えているはずと、言葉が続いた。

「雷に紛れる形で、大奥のお台所を吹っ飛ばしたのは、多分、お主達であろう」

　つまり甲賀は、大奥の行いに危惧を抱いているわけだ。しかし、台所の件は悪手であったと、老中は言う。

「大奥の者達は、手強いぞ。おなごゆえ、綺麗な着物姿で、つい油断を誘うがな」

　大奥には、若くして一生奉公を決めた者も多くおり、あそこより他に暮らしていくすべを知らない。

「それゆえか、今の立場を守る為、死に物狂いで戦ってくることがある」

たとえ相手が、火薬を扱う忍びであっても、田沼老中であっても、おなご達は黙ってはいない事もある。今も、妙な動きありと低い声で言われて、弥九郎は驚くことになった。

（あの爆発は、大奥を止める事になると思っていたが）

甲賀は何かを、読み間違えたのだろうか。弥九郎は思わず、老中へ問うていた。

「あの、今宵御老中は、何故に忍びへ、そのように語ってくださるのでしょうか」

もちろん全てが真実で、あけすけに語っているわけではなかろう。しかし、それでもこの語らいは、驚くべきものであった。

すると老中が、口元を歪める。

「忍び、いかなる訳かと思うか？」

問い返され、必死に答えた。

「こうして語っておられましても、警護の方々が駆けつけて来られません。つまり上屋敷には人が少なく、甲賀を捕らえる事が出来ぬので、話をして、忍びが来た目的を探ることにした。それが、答えの一つでしょうか」

老中から、また含み笑いが聞こえ、今度、昼間から甲賀と会ってみようとつぶやく。

「わしは、順々に加増されてきた者ゆえ、知行地は散らばっておる。家臣らも他の大名家のように、一っ所にはおらず、各領地から、上屋敷へ集まってきておるのだ。江戸で初めて会った者や、江戸生まれの者も多い」

それでなくとも元は武家の次男、三男や、浪人出の者もいる大名家で、家臣らは少なく、まとまりがない。突然現れた忍びを、夜、追わせたところで、捕らえる事など叶わぬと老中は言い切った。

弥九郎は頷くと、更に言葉を足した。

「御老中は、大奥の怪しき動きをご存じで、何かを案じておいでのようです。だが手を打つには、やはり臣下の方々が足りませぬ」

ならば知恵で補うしかない。つまり。

「手が回りかねる件を、西之丸様の忍びに、押っつける御所存かと」

心の臓が早く打ったが、それでも弥九郎は言ってみた。すると庭に目を向けた老中が、笑い声に何か、楽しげな響きを含ませたのだ。

「先ほどの名と顔、確かに甲賀者だった。西之丸様が知る者なれば、問いに答えた方が、互いに楽であろう。それだけだ」

（おや、御老中が忍び相手に、〝互い〟と口にされるのか）

何か新しいものを感じ、弥九郎はそっと暗い屋根から、外廊下にいる田沼老中の姿を覗き込んでみる。伊藤の主、一橋家の当主であれば、たとえ忍びを捕らえられないと思っても、今頃家臣達を集めているだろう。

（なるほど、田沼家はこの柔らかき新しさで、三代の公方様に認められ、引き立てられてきたのか。鋭く、聡《さと》く、妙に恐ろしい方だ）

老中と、もっと語りたいという思いが湧いてきた。わざわざ弥九郎へ、大奥の事を言ってきたのだ。知っている事、そして伝えてくれるかも知れない事が、他にもある気がした。老中であれば大奥について、甲賀より、遥かに詳しい事を摑んでいるだろう。

だが。このとき、庭を戻ってくる足音が聞こえ、弥九郎は己の言葉を留める。話す機会が、終わろうとしていた。

「今宵は、思いがけずもお言葉を頂き、ただ、感謝をいたしております」

西之丸様を守り抜く為とはいえ、非礼を行い申し訳なかったと、心より詫びたところ、老中が闇へ向け、一言付け足してくる。その時の鋭い眼差しが、切れ者の一端を覗かせてきたように思えた。

「いつも今日のようにはいかぬぞ。そして西之丸様に、ご迷惑をおかけするではない。この後、甲賀者は要らぬと思った時は、一族ごと切り捨てる」

庭奥から小姓が姿を現してきたので、弥九郎は返事の言葉を呑み込む。小姓は主が、庭に面した外廊下に立つのを見て、驚いた様子で足を止めた。だが直ぐ、庭には何者も居なかったと、主へ報告を始める。

弥九郎は、音もなく部屋近くから離れ、大名屋敷の表門へと屋根を走った。

(今宵、御老中と話せたのは、望外の幸運だった。しかし驚いたな)

出会った屋敷内の家臣は、一人きりであった。天下を動かしている老中の屋敷だというのに、甲賀の忍びにあっさり、主の側まで行かせてしまっている。

（田沼家の石高では、大大名が使っていたような屋敷に、十分、家臣を配する事は無理なのか。まあ、あの御老中ならば、己の警護より、もっと役に立つ事に、家臣達を使っていそうだが）

その考え方が、新しくて恐ろしい。弥九郎は屋敷の端まで走ると、塀へ飛び移り、打鉤を放って、道の向こうに建つ大名家へ飛んだ。目の端に、近くの大名家の塀が目に入り、そこの主の名が、ふと思い浮かぶ。

（一橋様……田沼様の隣に、屋敷があったのだな）

弥九郎は最近まで、田沼家の場所を承知していなかった。よって先日は伊藤の言葉を、そのまま呑み込んだのだ。だが。

（一橋家と田沼家は、隣同士だ。つまり一橋の若君を見ておくため、田沼様が江戸城へ呼んだという伊藤殿の話は、作り事だな）

田沼老中は、噂通り英明だと感じる。一橋家の若君を確かめたいと思ったなら、家臣に豊千代の他出を見張らせ、道でたまたま出会ったという形で、挨拶くらいするだろう。

つまり伊藤は堂々と、甲賀へ嘘を言ってきたのだ。

（やれ、誰もが見せたい己だけを見せ、都合の良い話のみを語る。自分に利があるように動く。皆、見事に信用ならんわ）

今宵の田沼老中など、西之丸と甲賀にとって、大層有り難き御仁に見えた。だが、あの老中は長年、賄賂と身内びいきの黒い噂に、包まれているのだ。

その上、いきなり現れた忍びに、いつの間にか、大奥を調べさせようとしている。怯えず、騒がず、しかし己の考えは通しているその豪腕を目にし、どうやって老中が出世を続けてきたのか、一端を知ったような気がした。

（見て、聞いたものすら、ただ信じてはいけない。となると我らはこの後、どの話を信じ、どう動かねばならぬのか）

考えねばならないことは多いが、のんびりしていては対処が間に合わなくなる。組屋敷に帰った後、甲賀一門の者達と、夜を徹して話すことになりそうだと腹をくくった。

弥九郎は広大な大名家の、甍《いらか》の上を飛んだ。

三

翌日、甲賀の組屋敷は、寝不足の顔をした忍びで満ちていた。そして弥九郎と十郎、蔵人の三人は、西之丸にいる面々と話すため、明け方から西之丸御殿へ向かった。

御殿の、御休息前の庭へ顔を見せれば、書院番の兵藤が早いなと、驚いた顔を向けてくる。外廊下に上がらず、お聞き頂きたき事有りと、神妙な顔で口にした所、西之丸の中奥がざわめく事になった。

その後忍び達は、庭に広く面した御休息ではなく、話が漏れにくい御小座敷へ呼ばれた。西之丸が正面に座り、側仕え達が両側に揃ったので、三人はまず深く頭を下げる。驚いた事に、座で一番に口を開いたのは、何と西之丸であった。

「甲賀の忍び達だが、今日は様子が違うとか。先に弥九郎が怪我をしたが、また何かあったのか？　私が力になれることか？」

　優しき言葉を掛けられ、弥九郎は、畳に付くほど頭を更に下げた。そして怪我をした弥九郎を、伊藤が見舞ってきた話から、まずは語り出した。

「一橋の小姓伊藤殿が、甲賀の組屋敷へ見舞いに行ったと？」

　皆、その名を承知しているようで、御小座敷内がざわめく。弥九郎が、伊藤の見舞いの品は高価なもので、熊野蜜だったと語ると、声は更に高まった。

「伊藤殿はまず、江戸城内でこの弥九郎を襲った者と、一橋は関係ないと話してきました」

　ただその後、伊藤はさらりと、斑猫の毒についても語ったのだ。途端、小姓の恵吾がしかめ面になった。

「伊藤殿は斑猫の毒について、何か承知していたのか？」

「伊藤殿は、縁のある医者から毒を得た御仁の、名を語りました。何と、田沼御老中だと言われたのです」

　見事に、皆が黙り込んだ。

「伊藤殿は田沼御老中の事を、他にも語っていかれました」

　老中は成り上がり者だ。よって己の頭の上に、何としても越えられない血筋の壁を、感じているのではないかと、伊藤は口にしたのだ。老中には、将軍になれる者を厭う心があるゆえ、若君殺しの斑猫の毒へ手を出した。そう取られても不思議でない伊藤の言葉を、弥九郎は語る事になった。

　だがその話を終えると、西之丸が落ち着いた顔で首を傾げる。老中のことは知っていると言い、田沼らしからぬ考えだと続けたのだ。

「あの英明な男が、将軍の立場にこだわると言われても、どうも頷けぬ」

　理由は信頼というより、疑問らしかった。将軍は老中を任ずる。そして昨今、実際に国を動かし幕政を主導していくのは、主に老中達なのだ。

「田沼なら、先頭に立って政を動かせぬ立場など、三日で飽きそうだが」

　色々優れた老中だが、何もせず大人しくしているのは、大いに不得手に違いない。西之丸がそう続けると、側付きの面々も同意なのか、苦笑を浮かべている。十郎も隣で眉尻を下げ、緊張が走っていた場が、一寸ほぐれた。

　その時だ。弥九郎は心を決め、一番言いにくい件を語り出した。この話をするため、甲賀三人は今日、西之丸へ顔を見せたのだ。

「その、それがしは斑猫の毒と、御老中の危うい噂を耳にしました。西之丸様の無事に関わる、大事だと思われました」

　そしてどちらの話についても、老中本人以外から何か聞いたところで、推測にしかならない。それではこの後のことが、酷く案じられた。

「それで、その」

話がここまで進むと、弥九郎だけでなく、十郎と蔵人も畳に付くほど深く頭を下げる。何事かと、部屋中の者達の目が集まる中、弥九郎は冷や汗をかきつつ先を語った。

「西之丸御殿の方々にも話さず、己の一存で、勝手に動きました。申し訳ありませぬ」

動いたのは弥九郎一人のみと、これだけは先に伝える。何をやったのかと声が聞こえ、弥九郎は大名屋敷での事を語った。

「昨日の暮れ六つ過ぎ、この身は、神田橋御門内、田沼御老中のお屋敷を訪れました。御老中に、上屋敷のお部屋前でお目に掛かり、話をいたしました」

正面からの目通りは叶わぬから、忍びの技を使い、勝手に屋敷へ入り込んだ。そう白状すると、御小座敷内が魂消たような声で満ちる。

「弥九郎が、田沼御老中と会った？　忍びが勝手に、お屋敷へ入ったとな」

兵藤が腰を浮かせ、弥九郎を睨み付けてくる。だが、その時手を広げ、弥九郎への罵声を止めたのは、西之丸であった。

「それは昨日の事だな？　しかし今朝方になっても、田沼家で騒ぎがあったとの話は、聞こえてきておらぬ」

つまり弥九郎は、大名家へ忍び込み、老中と話したにもかかわらず、大きな騒ぎを起こさなかったのだ。小姓組や書院番達は怒りの声を呑み込み、顔を見合わせる。

「さて驚いた。弥九郎、昨夜の件を、全て話すように」

立ち上がっていた側付きの者達は、呆れた顔でとにかく座った。弥九郎は昨日の事を、急ぎ、分かりやすく並べてみる。

「その、招かれてはおりませなんだゆえ、田沼様の上屋敷へは、夜、屋根の上から向かいました」

「忍びには、門があっても役に立たぬな」

石高を考えると、田沼家は広大であった。その広い屋敷で、田沼老中の傍らには、小姓一人しかいなかった。弥九郎は、物音を立て小姓を追い払うと、外廊下へ出てきた老中へ思い切って名乗り、姿も見せたのだ。

すると驚いた事に老中は、西之丸へ顔を見せている甲賀者三人の名と、弥九郎の顔を承知していた。

「は？　弥九郎を知っていた？」

側付きの面々から、戸惑いの声が上がる。

次に斑猫の毒や、将軍職について、弥九郎が老中へ問うた事を告げると、皆の戸惑いが更に大きくなる。老中は弥九郎の問いに答えてくれただけでなく、大奥に不審な動き有りと伝えてきたのだ。

「何だそれは……」

恵吾達の声が、一段低くなった。

「しかしその辺りで、小姓が御老中の部屋へ戻り、話が途切れました。田沼御老中が大奥の、どんな動きを案じているのか、詳しくは聞けなかったのです」

弥九郎は帰るしかなかったと、話をくくる。

「以上が、昨夜の件でございます」

語り終わった弥九郎は、おずおずと、御小座敷にいる者達へ目を向けてみる。

すると一寸の間の後、忍び達の頭上へ、何十もの問いが降り注いできたのだ。答えようとしたが、無理な事も多かった。老中がいつ忍びの名、顔を確かめたのかは分からない。田沼家の、家臣の数を問われても、弥九郎には答えようもなかった。返答が無理な問答が続いたので、御小座敷にいた面々は、なかなか納得しない。

皆はその内しびれを切らし、弥九郎そっちのけで、事を推測し始めた。

「甲賀者は、百人番所で勤めておる。弥九郎の顔を確かめようと思えば、出来よう」

「兵藤殿、何で御老中が、忍びの顔を確かめるのだ？　訳が分からぬわ」

「恵吾殿、今は何より、大奥の不審な動きとやらを、考えるべきではないのか？」

すると恵吾は弥九郎へ目を向け、きっぱりと言った。

「御老中が大奥の事を、気にされているのは確かなようだ。ならば西之丸様に害が及ばぬよう、調べておかねば」

早々に大奥の件を調べるべしと、皆の考えがまとまっていく。だが、どうやって事を摑むかとなると、話はすんなりとは進まなかった。

「相手が大奥となると、難しい。男は入れぬからな」

恵吾も兵藤も、頭を抱えている。西之丸の母君は既に亡く、ご機嫌伺いに行く当てもないという。無理に、大奥の者と西之丸が会おうとすれば、怪しまれそうであった。

「では、どうやって確かめたらよいのか」

くノ一を、大奥へ送り込んだらと考えた者がいたが、それには御小座敷にいた者から、無理との声が上がる。

「知り合いの身内が一人、大奥へ上がっておりまして。新入りの身元については、皆、驚くほど事細かに承知していたそうです。先達《せんだち》は奉公する面々の、縁者の事までよく知っていると話を聞きました」

それに、くノ一を送り込もうにも、大奥には伊賀が付いている、甲賀では、直ぐに身元が知れてしまうと、ある書院番から言葉が出た。西之丸が苦笑を浮かべ、側付きの者達は、しばし黙り込んでしまった。

そして暫く経つと、皆の目が、困りごとを運んできた甲賀の三人へ向けられてきたのだ。弥九郎達の顔が、段々引きつってきた。

四

西之丸からの帰り、弥九郎達忍び三人は、酔っ払ったかのように少しふらふらとしつつ、江戸城から西へと続く、町人地の道を歩んでいた。

つい先程、西之丸に仕えている者達から、大奥の件は甲賀が何とかするよう、言われたばかりであった。老中も御殿の者達も、都合が悪い話は、忍びへ押しつけてくる。大奥という言葉には、いつも落ち着いている十郎も、顔を引きつらせたのだ。

「我らは忍びでございますが、相手がおなごばかりの大奥では、分が悪うございます」

くノ一を送り込むことも出来ぬのなら、甲賀の忍びは大奥にいる者達と、会うことすら叶わないだろう。

「せめて西之丸の方々にも、手を貸して頂けませんか？　先程、大奥と縁のある方の話も、出ておいででしたし」

側仕えの者達は頷いてくれるだろうと、弥九郎は思っていた。

ところが何故だか皆、忍び達へ目を向けた後、首を横に振っている。

「弥九郎が勝手をし、話を拾ってきたのだ。よって大奥の件は、甲賀に任せるべきだな」

老中も、大奥相手の件を探らせる腹づもりゆえ、弥九郎が忍び込んだ件を、騒ぎにしなかったのだろう。恵吾達小姓組と書院番の者らは、揃ってそう言ったのだ。

ここで、西之丸が口を開いた。

「西之丸中奥で勤める者達の役目は、私の元服の後、増えておるのだ」

元服後、将軍家跡取りとしての勤めと付き合いが増してゆき、側付きの者達は忙しい。今は、仕事を増やす余裕がないという。西之丸が、ふっと笑った。

「よって甲賀に、大奥の件を片付けてもらいたい。これからの為だ」

「あの、これからと言われますと？」

「恵吾らは、甲賀者達による守りを、増やそうと考えておる」

先日の鷹狩りの折のように、そっと西之丸近くに紛れるのではない。まずは一時的に、警護として甲賀を役目の端に加えてはどうかと、西之丸御殿で話が出ているという。

「なんと……」

横で十郎が、目を見開いた。もし、西之丸警護のお役目が叶えば、甲賀は忍びとして、積年の望みを叶えることになる。それは、ただ番所に座っているだけの勤めとは違う。何も起こった事の無い参詣《さんけい》の道で、決まり通り警護していた日々とも違う。

忍びとしての力を請われる役目を、正式な立場として得られるのだ。総身が震えてくる。

気がつけば小姓組や書院番達が、甲賀の三人へ目を向けてきていた。口を開いた兵藤は、相変わらず偉そうであったが、何故だか今日だけは、今だけは、気にならなかった。

「鷹狩りの日の、くノ一達の働きは見事だった。お主達甲賀に、西之丸様は期待しておる」

よって先日将軍へ挨拶に行った折、西之丸は甲賀を周りに配する件、既に話をしていると言ったのだ。

「まだ正式なお許しは頂いていない。だが大奥の件は、西之丸御殿での勤めと心得、甲賀がなすべきだな」

兵藤が勝手に得心して、頷いている。その横で、西之丸が笑っていたので、もう断る言葉は、残っていないと知った。長や甲賀の者達にはまだ何も告げていないが、一つしかない返事を弥九郎は口にした。

「余りにも、ありがたきお話を頂き、感謝しかございません。大奥の件、必ずや甲賀が何とかしてみせます」

忍びが揃って本心感謝を口にすると、西之丸の傍らにいた者達が満足げに頷く。一方、部屋の端に控えていたお庭番二人は、目を見合わせ、小声で話をしていた。お庭番の定之助は、甲賀による西之丸警護の話を、初めて耳にしたようであった。

するとお庭番はじき、弥九郎が田沼老中の屋敷へ入り込んだ話を、また始めたのだ。

「甲賀が、西之丸様の警護に就くという話が出ておりましたか。ならば田沼御老中が、弥九郎殿を知っておられても、不思議ではありませぬ」

西之丸が、首を傾げる。

「田沼老中には、甲賀の警護のこと、話しておらぬが」

「上様へお話しになられたのでしたら、お側で話を耳にした者が、誰か居たはずでございます。その者から、伝わったのでございましょう」

臨時の役目とはいえ、将軍家の世子、西之丸の側に控える者が増えるのだ。そして、将軍の側仕えの内からは、出世をする者が現れる。田沼老中自身がそうであった。

「切れ者の御老中は、その者達の名を、摑んでおこうとされたでしょう」

いやもしかしたら、もっと以前、弥九郎達が西之丸への出入りを許された時、老中は動き始めていたかも知れない。甲賀者の名を、西之丸勤めの坊主などから聞き出すことは容易《たやす》い。定之助はそう言い切った。

「御老中は、甲賀者に興味を持たれたようです。名だけではなく、弥九郎殿の顔も、確かめておいでだったのですから」

よって田沼老中は、昨夜弥九郎と出会って早々、腹を決め、大奥の件を告げたのだろうと、お庭番は言う。弥九郎達の力を、既に測っていても驚かない。

「昨夜でなくとも、いずれ甲賀へ大奥の件、伝えるおつもりだったのかも知れませぬ」

小姓組や書院番達と、西之丸が顔を見合わせる。西之丸は、興味深いと口にした。

「私の願いが、甲賀者達と老中をむすび付けていたのか。だが田沼老中は何故、大奥と対する者に、甲賀を選んだのだ？　老中であれば、動かせる者は多かろうに」

定之助は、弥九郎達へ目を向ける。

「大奥のことを、御老中はよくご承知です。長年警護を務めている、伊賀と大奥の縁も、ご存じでしょう」

お庭番の言葉に、兵藤の目が光った。

「今回の相手には、大奥だけでなく忍びも加わる訳か。それで田沼御老中は事を、同じ忍びに任せようとされた訳か」

部屋のあちこちから同意の声が湧く。兵藤が、うんざりした声で続けた。

「つまり弥九郎は、自ら田沼家上屋敷へ行ったあげく、御老中に、思うように動かされた訳だ。うん、間抜けだな」

「事情が分かって、良うございました」

甲賀一の忍びでも手抜かりはあるものだと、お庭番が笑うように言い、弥九郎は眉間に皺を寄せた。ということは、つまり。甲賀はこの後、伊賀とやり合う事になるのだろうか。

(いつの間に、こんなことになったのだ?)

徳川に仕えている忍び同士の諍《いさか》いなど、弥九郎は今まで、考えた事がなかった。それは先日上野の寺で出会った、名も知らぬ忍びとの対峙とは、全く違うものだ。

(しかもあの戦いは、互いに、力試しのようなものだった)

甲賀三人は、秘伝の技など見せはしなかったし、相手も同じだろう。上野の地に、負けた者の死体が転がることはなかった。

(だが……相手が伊賀者では、争いがどうなるか見当もつかぬ)

もし本当に揉めたら、戦国の世にあったという、甲賀と伊賀との諍いまで蒸し返されそうで、溜息が出る。しかし甲賀の忍びとして、西之丸の警護に名を連ねる気なら、揉め事を嫌がる余裕などない。今、甲賀の目の前には、ただの夢物語から、本物に変わろうとしている勤めがあった。何をおいても、それは摑み取らねばならないのだ。

(今こそ、一世一代の勝負の時)

弥九郎は、甲賀と伊賀の明日を思い、湧き出てくる唸り声をかみ殺した。

五

大奥と伊賀の関わりが、甲賀の先々に影を落としてきた。だが、鉄砲百人組の勤めは変わらずにあり、弥九郎、十郎、蔵人は今日も、いつもと変わらず江戸城中へ顔を見せている。すると、百人番所で根来衆と交代した後、三人は思いがけず、根来百人町と呼ばれる町にある、根来組の組屋敷へ向かう事になった。

甲賀の勤めが終わった時、交代に入った根来の田中が、素早く近づいて来ると、思いがけず、甲賀と話があると言ってきたのだ。しかも顔なじみのこの忍びは、なんとも奇妙な誘い方をしてきた。

「それがし達根来が、お主らと話をしたいのではない。お主達甲賀の三人が、是非我らの話を、聞きたいだろうと思うてな」

それで田中は人が好いことに、弥九郎達へ声を掛けたのだという。ただ、田中にはこの後、番所での勤めがある。ここで話は出来ないと口にした。

「よってお主達は、我らが根来の組屋敷へ来ねばならん。は？　何の話か、少しは言えと言うのか？　駄目だ、百人番所でする話ではない。弥九郎殿、せっかく親切で声を掛けてやったのに、眉間に皺を寄せるでないわ」

親戚の津田達が、組屋敷で待っていると言われ、三人はとにかく、根来百人町へ向かうことにした。大奥と繋がる伊賀と、どう対峙すれば良いのか、まだ分かっていない。そんな時、根来の忍びとまで、揉めたくはなかったからだ。

根来組の屋敷は、外堀に掛かる牛込御門《うしごめごもん》を抜け、神楽坂《かぐらざか》を登った先、牛込の根来百人町にある。同じ忍びであり、百人番所に詰める鉄砲組仲間だから、弥九郎達も、組屋敷の場所くらいは承知していた。

だが、青山甲賀町にある甲賀の組屋敷とは、近所と言うほど近くはなく、勤め以外で縁が深い訳でもない。田中から、組屋敷に来いと言われたのは、そういえば初めてのことであった。

三人は、そちらの方が近かろうと、市谷御門から出る事にし、武家屋敷の間を歩みつつ、根来の忍びについて考える事になった。

「はて、根来が今、甲賀に何の話があるのやら。とんと思い付かないが」

弥九郎が首を傾げると、十郎は今日も落ち着いた口調で、縁談ではと口にした。

「似た立場の御家人同士だ。それこそ、また吉乃殿か、従姉妹の加乃殿への話でも、あるのではないかな」

「えっ？　また姉への縁談ですか。余りに多いので、父はいい加減草臥れておりますが」

早く縁づいて欲しいと、蔵人が溜息を漏らす。

「それに加乃殿の方は、既に縁談が、まとまりかけているのです。先に西之丸様を猪から守った日、鷹狩りの場で見初《みそ》められたとか」

何と、西之丸の書院番の一人から申し込まれたらしく、良縁ゆえ、早々に事が進んでいるという。

弥九郎は、眉を引き上げた。

「あの鷹狩りの日は、吉乃殿も加乃殿も、勢子の身なりをしていて、化粧も男のようだった筈だ。それでよく美人と見抜いたな」

「お相手は、おなごが目の前で猪を狩ったのにもたじろがず、縁談を申し込んで来られた。剛《ごう》毅《き》だと、叔父御はお相手を気に入ったようです」

甲賀には今、西之丸から渡された金があるから、大急ぎで金を算段しなくとも、組から借りる事ができる。つまり、あっという間に婚礼になりそうだと、十郎が笑った。

「縁談、まとまる時は早いな。根来の話、加乃殿への縁談以外だと良いのだが」

弥九郎も笑っていたが、じき、すいと目を細める。そして、足取りや口調が変わらぬように気を付けつつ、指を組むと、友二人へ話す以外の言葉を送った。

「だが話は、縁談とは限らぬと思う。急に、そう思えてきたぞ」

弥九郎達は素早く、旗本の住まいとおぼしき左右の屋敷へ目を配った。江戸城の西側、内堀と外堀に挟まれた辺りは、旗本屋敷が集まり、場所が分かりにくい。弥九郎達はたまに現れる寺などを目印に、道を歩んでいたのだ。

(誰かが、我らを見ているようだ)

そして、市谷御門を過ぎて暫くすると、周りからの気配が濃くなった。三人は目配せをし、懐の忍具へ手を掛ける。

「十郎、蔵人、我らを付けている者達だが、何人ほどいようかな」

蔵人は、五人と言い切った。

「そろそろ組屋敷近くに来てますから、五人は根来衆でしょう。でも、向こうから根来へ呼んだ割には、気配が剣呑ですね」

付かず離れず三人を見張る様子は、友を迎えるというより、敵と対峙するかのようだ。十郎は、一戦交える事になるかと、困った様子で言った。

「確か根来の組屋敷の向かいに、ずらりと寺が並んでいて、人気がない所があるはずだ。その辺りならば、昼間から忍びが苦無など投げても、まず目立たないだろう」

「おいおい、我らは騒ぎに巻き込まれる為、わざわざ牛込までやってきた訳か？」

弥九郎が口をへの字にした時、道の先に寺が見えてくる。つまり組屋敷に着いた訳で、一帯は根来の忍びで満ちている筈だ。

「我らは三人しかいないのに。根来全員と戦うのか？」

「弥九郎、田中殿らは勤めの最中ゆえ、ここにはおらぬ。全員などと言うと、後で田中殿から怒りを喰らうぞ」

十郎が、わははと笑い声を上げた次の瞬間、三人は道から跳び逃げた。驚いた事に、弥九郎が得意とする忍具、打鉤が、三人へ向け放たれていた。

「おおっ、剣呑」

殺気は感じなかったが、忍び同士で長くやり合っていては、どこかで箍《たが》が外れ、本気の争いに化けかねない。よって弥九郎達は、大急ぎでこの争いを終わらせる事にし、連携を取った。

十郎が曲玉を取り出すと、それを目として先の事を見る。弥九郎、蔵人は友の指示の下、苦無をよけつつ、根来の組屋敷へ突入した。飛ぶがごとき早さで、十郎が示した家へ突っ込んで行く。

「馬鹿な。何故ここに居ると分かったっ」

ある屋敷の部屋内から、しゃがれた声が上がった時、田中の親戚の津田と、横にいた年配の男は、弥九郎の打鉤で巻かれ、蔵人に押さえつけられていた。

根来衆が直ぐに周りを取り囲んでくる。戦いはあっという間に静まったが、部屋の内と外から、互いを睨み付ける事になった。

山ほどの根来の忍びに囲まれつつ、十郎が津田へ文句を向ける。

「津田殿、それがし達は田中殿から話があると言われて、組屋敷まで来たのだ。話の代わりに、苦無と打鉤を降らすとは、いかなる訳か」

すると返事は、捕らえた長がしてきた。

「話そう。だからまずは、我らを放してくれ」

反撃への危惧を押し殺し、弥九郎が溜息と共に打鉤を解き、蔵人が引く。すると、周りの忍び達から戦いの気配が消えた。根来の長は名乗ると、弥九郎が持つ打鉤へまず目を向ける。

「驚いたぞ。今まで近くで見たことなど無かったが、甲賀忍びの一、弥九郎殿の使う打鉤の縄は、特別な品であったか」

打鉤は縄の先に、〝し〟の字の鉤爪を四本、朝顔の花の形に組んで結び、忍具とするものだ。並ならば一本を使う道具だから、左右で二本扱う忍びが現れると、忍びの間に噂が走る。

「なのに弥九郎殿は、四本使う。それだけでも特別と思っていたが……何と縄に、細い鎖が編み込んであるようだ」

縄のみの物より余程強さが増す筈で、それゆえ忍びの体を良く支え、空を飛んでも縄が切れないと知れた。

「やれ、のんびりした様子を見せておるが、弥九郎殿は怖いわ」

「長殿、それがしは、のんびりしておりますか？　いや、そう思ったことはないが」

真面目に返答した所、根来に、口をひん曲げる者が現れ、津田が首を横に振る。

「忍び同士でやり合った後、そんな悠長なことを口にするから、のんびりだと言われるのだ。いや、その話はもういい。せっかく来てもらったのだ。さっさと語るとする」

「本当に話があるのだな。ほっとしたわ」

皮肉を言ったものの、せっかく諍いが終わったのだ。弥九郎と友二人はとにかく、長の組屋敷で腰を下ろした。

すると三人を睨んでいた根来衆も、多くが座り、弥九郎達と向きあう。その中で、まず口を開いたのは、津田の横にいる長であった。

「甲賀の衆、今、伊賀と揉めておろうが。しかも、かなり剣呑な事になっている筈だ」

いきなりはっきり言われ、一寸目を見開いた弥九郎の隣から、十郎が口を出す。

「長殿、何故、そう思ったのですか？」

「この件は隠しても無駄だ。伊賀がこの根来へ、甲賀の事を探りに来て事が知れた」

根来と甲賀は、とにかく仲が良いと、伊賀は思っているらしい。長は軽く笑っている。

「伊賀は同じ忍びより、護衛を務めておる大奥への目配りを大切にしてきた。他の忍びらの関わりを、詳しく摑めておらぬのだ」

だが大奥を大事にしてきたおかげか、伊賀は他の忍びより、常に上の扱いを受けてきた。

遠国御用を務めるお庭番は、今、何故だか伊賀者などと呼ばれている。忍びと似た勤めゆえに付いた役名だろうが、不思議な事にお庭番は、〝忍びの者〟ではなく、〝伊賀者〟と名付けられたのだ。根来者でも甲賀者でもなかった。

「根来は伊賀の強い立場が、うらやましかったよ」

ところが、だ。ここにきて、忍びの立場が変わる兆しがあった。

「甲賀の衆。お主らは西之丸様の、警護役になるそうだな。伊賀が漏らして行った」

「……早耳なことだ。ならば長殿、臨時の立場ということも御承知か？」

「今は、な。だが西之丸様はいずれ、将軍となられる」

そうなれば、世子の頃から仕えている者達は、立場を強くするに違いない。甲賀衆も今、側付きになれれば、八代将軍が紀州から連れてきたお庭番のように、新たな役目を得られると思われた。

「伊賀達は、何故己らではなく甲賀に声が掛かったのかと、口をひん曲げておったわ」

勿論、訳は伊賀も承知しているだろう。今の大奥は、西之丸の味方と言い切れない。ゆえに関わりのある伊賀は、西之丸出入りから外されたのだ。

「事情は分かっていても、腹を立てておった」

後から江戸へ入り込んできたお庭番達に、出世で遅れを取っているのは伊賀も同じだ。それでも、伊賀が忍び一の立場だと承知していたのに、格下の筈の甲賀が、突然運を摑んだのだ。承知できない伊賀は無茶をするかも知れぬと根来が言ってくる。

「つまりだ。今、不穏な気を甲賀へ向けておるのは、一見大奥のようではあるが……我ら根来は、違うと思っている」

「は？　大奥の仕業ではないだと？」

考えた事の無い話が飛び出して来て、弥九郎達は一寸、言葉を失った。

（だが裏切り者のお庭番には、大奥勤めの身内がいた。その者を通し、大奥の意向に従って、西之丸御殿を裏切ったのではないのか？）

戸惑う様子を目にし、長が満足げに笑う。

「意外か？　だが、あり得る事だろう。今回、動き出したのは、伊賀達だ」

大奥の者は、身軽に大奥から動けない。よって望みがあるときは、表から役人を呼びつけ話をする。しかし小さな用や急ぎの件は、警護の伊賀衆が助けてきたと聞いている。

その伊賀が本気で不満を持ち、己達で動き出した時、大奥はどうするか。

「今回大奥は、伊賀の無謀を止めていないのだろう。だから大奥の仕業に見えるのだ」

いや本気の伊賀を、大奥は止められないでいるのだと、長は続けた。

「何しろ伊賀の怒りの元には、一族の浮沈がある。何と甲賀に、忍びとしての立場を、抜かれてしまうやも知れぬのだから」

長は、甲賀三人の顔を順に見てくる。

「甲賀は暫く、伊賀に気を付けられよ。ずっと忍びの一と言われてきた者達を、甘く見ないことだ。伊賀は上忍三家の力が強い。一気に事を決め、動く事が出来るぞ」

今日はこの話を伝える為、組屋敷へ来て貰ったと、長は話をくくった。百人番所には、伊賀も勤めている。忍び以外の者も顔を出す。伊賀へ話が伝わる心配から、田中は話せなかったと言われ、甲賀三人は頷いた。

だが。弥九郎はいささか戸惑い、問うた。

「今回、何故伊賀のことを、我らに話してくれたのだ？　根来は伊賀のように、甲賀へ腹を立ててはおらぬのか？」

すると根来衆は、組屋敷の部屋で揃って、怖いような笑みを浮かべた。津田の横にいた根来の長が、弥九郎達へ僅かに寄ってきた。

「我らはこの話と引き換えに、甲賀へ頼み事をしたい。先々西之丸様が将軍になられ、甲賀が出世したら。我ら根来にも何とか、新たな役目を回して貰えぬだろうか」

自分達も、ただ座っているだけの日々から逃れたい。しかし伊賀が務める大奥の警護役は、手が足りている上、伊賀は他の忍びを歓迎しない。根来に役を回してはくれないのだ。

「よって、我らは甲賀の出世に賭けてみることにした。この話で我らが決断を、信用してくれるだろうか」

　ちなみに、先程少しばかり挑みかかったのは、ただ、甲賀の腕前を見てみたかったからだという。

「西之丸様は、根来ではなく甲賀に声を掛けられた。その訳を得心したかったのだ」

　甲賀が勝ったのだから忘れろと、長は勝手を堂々と言ってくる。十郎は口元を歪めたが、一応長に、話は通しておくと口にする。その内、一族の皆が集まる日があれば、根来の申し出をどう考えるか、話し合いになると告げたのだ。津田が片眉を引き上げた。

「その、お主ら甲賀は、大事を長が決めぬのか？　上忍が事を進めたりしないのか？」

「甲賀も伊賀のように、分かりやすいよう、技を極めた忍びを上忍と言ったりする。だが甲賀が大きな事を決める時は、皆で話し合うのだ。そして皆で決める」

　甲賀は戦国の頃から、一族で決める事を続けていた。一応、長や年長者は立ててはいるが、その長達とて、組頭のことは言いたい放題なのだ。

「伊賀とは、随分違うのだな」

　うちの頭や長に、決断を任せきるのは怖いからと弥九郎が言うと、余所の忍びの前で馬鹿を言うなと、十郎に叱られた。なるほどと、根来衆から笑われる事になった。

六

「伊賀はいかなる手を、甲賀へ向けてくるだろうか」

組屋敷へ帰り、根来からの知らせを長達へ伝えると、甲賀組の忍び達は衣の下に、揃って鎖帷子をつける事になった。だが長をはじめ、年長者達は強気であった。

「政では、甲賀は伊賀に及ばぬ。だが、徳川の世になって二百年近く経っても、甲賀は強い。忍び同士の戦いでは負けぬわ」

伊賀に負けた阿呆《あほう》は鍛え直しだと、長が言い切ったものだから、一門の面々は気を立てている。西之丸への出入りを許され、伊賀の怒りの元となった三人は、ことに気を張っていた。

すると。伊賀の戦い方は、ある日、奇妙な形で示された。三人はまず、珍しくも西之丸の側付き達から御殿へ呼ばれ、御小座敷に並んだのだ。

（何用なのだろうか。部屋内にいる側付き方が、いつもと様子が違う）

そういえば部屋には、小姓組に書院番、出入りのお庭番まで揃っているが、所用でもあったのか、気さくに姿を見せる西之丸が部屋にいない。そして弥九郎が首を傾げていると、小姓組の恵吾がすいと近寄り……何と小柄をいきなり、弥九郎の首に突きつけてきたのだ。

弥九郎は目を白黒させ、隣で十郎が溜息を漏らしている。

「あの、恵吾殿。忍びの者へ刃物を突きつけるとは、無茶が過ぎます」

その腕前を買って、西之丸御殿の警護に、加えようとしている忍びなのだ。小柄一本で脅される程、弱くはない。十郎が低い声で言うと、恵吾は眉間に皺を寄せ、一旦小柄を引いた。だが、次は言葉を突きつけてくる。

「昨日上様が、西之丸様を本丸へお呼びになった。甲賀達の警護の件、お許しが出たのだろうと、西之丸様はお考えになっていた」

だが本丸の中奥へ向かった所、西之丸は思わぬ話を聞くことになったのだ。

「甲賀組を側に置くと聞き、大奥が西之丸様の身を、酷く案じているそうだ」

「大奥が？」

西之丸ではなく将軍へ、大奥の者は何を言ったのだろうか。十郎すら戸惑う中、今日はお庭番の定之助までが、甲賀へ厳しい眼差しを向けてくる。

「弥九郎。お主、我らに隠し事をしておったな」

「はて。我らは忍びの者なれば、秘伝を山と抱えております。つまり、それは多くの事を、秘密にしてはおりますが」

だがそれは、西之丸の者達も承知の事かと思っていた。弥九郎はそう口にしたのだ。

しかし弥九郎が、この上なく正直に話しても、今日、御小座敷に集った者達は、にこりともしない。代わりに更に、きつい言葉が続いた。

「大奥は上様へ、甲賀者の勤めを許してはならぬと、申されたそうだ。何故なら」

ここで恵吾が、言葉の間を置く。その間が奇妙に長く、胃の腑が重くなってくる。三人の甲賀者の内、弥九郎の眼前に顔を近づけてから、恵吾は話してきた。

「忍びには、特別な技があるそうだな」

弥九郎のそれは、四本の打鉤を使う技かと、西之丸の者達は思っていたらしい。忍びでも他の者は、使う事が出来ないと言われていた。

ところが、だ。

「大奥から、違う話が伝えられてきたのだ」

弥九郎の持つ技は、もっと剣呑なものだと大奥の者は言った。弥九郎は世子西之丸にとって、危うい忍びであると言われたのだ。

「弥九郎は、毒使いなのだそうだ。目立つ打鉤の技より、遥かに危うい技の持ち主だ」

それを隠し、西之丸に近寄ってきている。そんな忍びは恐ろしく剣呑だと、大奥からの使いは言い立てたらしい。

「上様は、心配をされておる。お主らの警護役、お許しは出ておらぬ」

甲賀三人は顔を見合わせ、そっと、天井を見上げる事になった。恵吾の声に、いつにない冷たさが含まれていた訳が知れた。兵藤や定之助達の態度が、昨日までとは違ってしまった事情を飲み込めた。

(それが、毒であったとは)

真実かどうかとか、弥九郎が本当に危ういかは、関係が無いのだろう。そんな話が出た事自体、大いにまずいのだ。先に根来へ、勤めの口利きを約したばかりだというのに、自分達の希望が、あっという間に消えかかっているのを弥九郎は知った。一気に身が震えてきた。

（伊賀ときたら、何と大奥を使い上様を動かしてきたのか。主を働かせたようなものだぞ）

よくぞ、そんな事が出来たものだと思う。

（伊賀を、甘く見たつもりはなかったが、やられた）

これで甲賀は、夢を失ってしまうのだろうか。西之丸への出入りは、これまでか。もう、何も出来ることはないのか。弥九郎が言葉を探す中、傍らで、蔵人が口の端を引き上げる。

「なるほど、これが伊賀の力というわけですか。強さとは、力と力のぶつかり合いのみとは、限らぬようです」

蔵人は恵吾の顔を見つめると、毒の事、ご存じ無かったのかと問う。

「弥九郎は医術にも優れておりますが、この男だけではございませぬ。我ら二名も毒くらい使います。忍びならば子供でも、毒草を見分けます」

「は？　甲賀は皆、毒使いだというのか」

座にいた者達が、薄気味悪い者でも見るような目を、甲賀三人へ向けてくる。十郎の、落ち着いた声も聞こえた。

「恵吾殿。正直に申し上げれば、毒を使わぬ忍びなどおりませぬ」

なぜなら毒と薬は表裏一体、それは縁の深いものなのだ。うっかり口にした毒を、身の内から出すには、その毒のことを知らねばならない。また、多く取れば毒になるものでも、少量ならば、薬に使えるものもあった。

「よって、毒を知らぬ医者はおりませぬ。そして我ら忍びには医者が多いと、これまで何度も申し上げてきました」

「…………」

　黙ってしまった恵吾の顔を見つつ、弥九郎はいま一度、天井へそっと目を向け、眉間に皺を寄せた。それから静かに、西之丸の側仕え達へ顔を向ける。

　もう信じて貰うのは、難しいかも知れないと、側付き達の様子から分かってきた。大奥からの心配が相手では、弥九郎が何を言っても無駄かもと思えてきたのだ。

　だが、それでも黙っている事が出来なかった。

「毒を使う忍びは誰か。正直に申し上げるなら、甲賀も根来も……そして伊賀も使いまする」

「伊賀まで、使うとな？」

「大奥の警護をする伊賀も忍び。忍びの医者は伊賀にも多いのです」

　なのに大奥は、ことさらに弥九郎の名だけを出し、危うい者のように言い立てた。

「何故でございましょうか」

　知らなかったとは思えない。大奥の使いは、どうして伊賀も毒を使うと、将軍へ言わなかったのか。弥九郎はまた天井を見た。

「大奥警護の伊賀の御仁に、問うてみとうございますな。なぜ甲賀ばかりが毒使いと言われ、伊賀も毒を使う事は、告げないのか」

　どうやら伝えられたことと実際の話には、ずれがあると、分かってきたらしい。恵吾の声は落ち着いてきたが、それでも優しくはならなかった。

「事に上様まで巻き込んだあげく、真実でなかったでは済まされぬ。この件、甲賀の申し立てが本当か、伊賀者と同じ部屋に並べて、事情を問いたいものだ」

甲賀の三人は目を素早く見合わせると、共に頷く。

「では、訳を問う事にいたします」

「は？　蔵人は誰に、いつ聞く気なのだ？」

「伊賀に、今、聞きまする」

兵藤へそう答えた時、蔵人は部屋内で飛び上がっていた。

「忍びが、浮いた？」

側付き達から声が上がった時、蔵人は一気に部屋の天辺近くへ至り、天井板を蹴り上げていた。屋根裏の内へと飛ばし、大きな穴を作ったのだ。その穴へ、弥九郎が打鉤を放つ。四本の蛇《へび》のような縄は、穴の四方へと消えた。

途端、暗い天井裏から、大きく軋《きし》む音が聞こえる。穴の下から離れるように言い、十郎が何かを上へ放り投げた。穴は直ぐ白い粉で満ち、下へも降りかかって、御小座敷にいた者達までがむせかえる。

その時だ。粉に追われたのか、大きな影が天井から落ち、しかし転がりも捕まりもせず庭へ飛び逃げる。

「うわっ、人が現れたぞっ」

叫び声がした時、甲賀の三人も、その影と共に部屋から消えた。庭の木と塀と屋根や壁の間を、幾つもの影が飛び交い、争いが始まる。御殿内に呆然とした顔が、並ぶのが分かった。

苦無やら打鉤が飛び交ったが、忍びと忍具の動きを、部屋の者達は摑みかねている様子で、どちらが優位にいるのか分からないのだろう。外廊下へ出て見る者はいなかったが、庭から御殿内へ寄る人影はあった。だがそれは直ぐに、甲賀が遠ざける。

「伊賀は……二人のみだ」

だが、西之丸御殿で刃物を抜く訳にはいかないから、忍び二人をなかなか捕らえられない。逃がしはしなかったが、弥九郎は唇を噛んでいた。

その時だ。西之丸御殿の奥から、今日は耳にしていなかった、柔らかな声が聞こえてくる。

「恵吾、弥九郎達を呼ぶと聞いたが。もう来ておるのか？」

「何と、西之丸様っ」

その言葉に驚き、弥九郎達はほんの僅かの間、動きを止めた。すると、伊賀方はその一寸の内に、何と鎌を持ちだしてきたのだ。農具でもあるから、持ち歩いても目立たず、長く使われてきた忍具だ。

だが、西之丸の声がしているのだ。今、大きな刃の付いた忍具を手に取るなど、あり得なかった。伊賀といえど、そんな事をするとは、弥九郎は思ったこともなかった。

（伊賀ではないのか？　いや、我らが知っている伊賀ではないのだ）

危ういという思いは、あっという間に悪夢に変わる。鎌が蔵人へ振り下ろされた時、受け止めた鎖小手に刃が当たった。すると鎌の首元が折れ、吹っ飛んだのだ。

蔵人が柄《え》を打ち払うと、忍び二人は直ぐに組み合いに移った。

「ひっ」

一度に五人もが争っている中、空を舞った鎌の刃の行き先を見た者は、弥九郎だけだった。打鉤を放ち、死に物狂いで御殿へ飛んだ。

飛ぶ鎌には気づきもせず、側付きの者達は西之丸と向き合っている。最初に兵藤が振り返った時、既に、驚きの声を上げる間すら残っていなかった。

「西之丸様っ」

刃物より一寸早く、弥九郎が西之丸達三人へ飛びつき、御小座敷へ引き倒した。その背へ、鎌が刺さってくる。痛みに、以前脇差しで刺された時の事を思い出した。何度馬鹿をするのだろうと、我ながら笑えてきた。

「……くうっ、鎌の刃はきついな」

「何事だ。弥九郎、何故西之丸様を引き倒したっ」

側付きの大声が降りかかって来た時、背にあった鎌が畳へ落ちる。西之丸が身を起こし、魂消た声を上げた。

「弥九郎っ、鎌を体で防いだのか？　生きておるか？」

その声で、皆の目が落ちた鎌へ集まる。大丈夫だと言ったのだが、十郎も御殿内へ、早々に戻って来てしまった。

「済まぬ、こちらの様子へ目を配った間に、相手に逃げられた」

十郎は落ち着いた声で言うと、弥九郎は大事ないと皆へ伝える。

「西之丸様、大丈夫でございます。弥九郎は忍び、今日も鎖帷子を着ておりますれば」

「鎖帷子？」

周りの手が急ぎ、破れた弥九郎の着物を改め、鎖帷子の下に、鎌で打たれた痕があるだけだと言葉が続く。西之丸は頷いたが、鎌を背に受けた事が恐ろしく思えたようで、側付き達が顔を顰めていた。

するとそこへ、蔵人も寄ってきた。

「二人は逃げ申した。警護役の甲賀者が追っています。素性を摑めれば良いのだが」

西之丸御殿で刃物を使うとは、ろくでもない輩と言いつつ、蔵人は、拾った鎌の柄を弥九郎達へ見せてくる。眉間に、くっきりと皺を刻んでいた。

「今逃げた忍びが、持っていた鎌の柄です。紋を見てください」

言われて、皆が鎌の柄へ目を落とすと、源氏《げんじ》輪の小さな紋が付いていた。しかし輪は横に三つ、輪違い紋のような形になっており、見覚えが無い。

「源氏輪が三つとは……珍しい」

同役の伊賀の紋に、こうも目立つ物があれば、百人番所でとうに話題に上っている筈だが、知らない。ということは。

「今現れた二人は、伊賀ではない訳か？」

「いや……あの技は、伊賀のものでした」

十郎がそう口にした途端、弥九郎は頭に、上野の夜を思い浮かべた。答えは既に、分かっている気がした。

「彼らは伊賀ではあるが、我らの知る徳川家に仕える伊賀者ではないのです。つまり」

甲賀は……間違いをしてしまったのかも知れない。いや、したに違いない。それがじわじわと、分かってきた。

（甲賀は仲間をこの、西之丸御殿の守りとして配していた。なのに、大奥と、徳川の伊賀に気を取られ、正体も知れぬ者に西之丸御殿内へ入り込まれてしまった）

恐ろしい思いが、総身を包んでくる。

（今の今、忍びは皆、医術の心得があると言った所だ。なのに、毒を扱うかも知れぬ者を、この御殿へ入り込ませてしまった）

どうしてそんなことが起きたのか、嫌でも思い至り、弥九郎は畳に両の手を突く。

甲賀が、西之丸御殿へ、出入りするようになったからだ。我らと同じように、西之丸様と関わる事で、運を開こうという、忍び達が集ってきたのだ。

敵方の忍び達も集まってきていると、うめき声が湧いてきた。今は何も考えたくなかった。出来たらこの場から、逃げたい気までしたが、それでは余りにも情けないと分かっている。

直ぐにやらねばならないことが、思い浮かんでくる。しかし、話さねばならないことを思うと、己の顔が強ばるのが分かった。

背に受けた鎌の痕より、痛みを覚えた所が、胸の内にある気がした。

七

源氏輪の輪違い紋が、甲賀へ、厄災を運んで来た。

根来から、伊賀を甘く見てはいけないと言われ、そんな馬鹿をしたつもりもなかった。なのに、あっという間に甲賀は、抜き差しならない事になっていたのだ。

（どうあっても言わねばならない事が、出来たようだ）

弥九郎は歯を食いしばった。よって友二人と語ることもせず、身を起こすと、西之丸と座ったまま向き合った。友と話せば決意を、一番年上の十郎に語らせてしまうかも知れない。それは出来なかった。

（これからここで、死ぬほど言いたくないことを話さねばならぬ。話せば、甲賀の組屋敷へ帰った後、おれはつるし上げに遭うだろう。十郎には押っつけられぬ）

分かっていても、馬鹿をするしか無い日が来ようとは、今まで考えた事も無かった。内職の欠かせぬ貧乏人であり、修行を積んでも報われた事がない。吉乃にはとうに振られ、上手く行っているのは傘張り仕事くらいだ。

それでもここ暫くの毎日には、明日を望む喜びがあった。なのにだ。

（おれは己でこれから、その喜びを消し去ろうとしている）

既に西之丸御殿側には、毒使いやも知れぬと疑われている。その話をしていた場に、怪しげな者が現れ、あげく、御小座敷前の庭で刃物まで飛び交ったのだ。これではただ、甲賀を信じてくれという方が、無理だという気がした。

(ああ嫌だ。こんな日が何故来るのだ)

西之丸が目の前におり、危うい目に遭わせたばかりだというのに、弥九郎はその主よりも、甲賀組から失われる夢の事を考えている。そんなだから、その夢を失うのだと、己の事が嫌になってきた。

しかし、いつまでも黙ったままではいられない。きちんと座り直すと、まずは深く深く西之丸へ頭を下げる。それから弥九郎は、しっかりとした声で告げた。

「西之丸様に、申し上げたき事が出来もうした」

部屋内が静かになり、友二人までもが、戸惑った顔で弥九郎を見てくる。止まらず、先を語っていった。

「我らが主に、この後、何としてもお守り頂きたき事が出来ました。お命に関わる事にござりますれば、是非、お聞き届け下さい」

弥九郎は顔を上げると、うろんな忍び二人が消えた庭の方へ、一寸目を向けた。

「先程の忍びでございますが。大奥からの疑いを耳にしたばかりゆえ、我らは、甲賀を除こうとする、徳川方の伊賀者と、誤解しておりました」

だが、敵方が使っていた鎌の紋は、顔なじみの伊賀のものではなかった。そして将軍家に仕える伊賀であれば、西之丸のいる御殿で刃物を振り回す筈がない。

「先程の忍びは、我らの知る伊賀者ではございません。つまり身元の分からぬ忍びが、この御殿に、入り込んだということでございます」

　これは、一見以上に危うい事だと、弥九郎は口にした。徳川家配下の伊賀者と、それ以外の伊賀の見分けは、甲賀にも簡単には付かなかった。つまり、今日入り込んできた忍びが、警護の者に化け御殿周りをうろついても、その正体は酷く分かりづらかろうと思われる。そういう者達が寄ってきていた。

　だから。ああ、言いたくないと弥九郎は思う。

「ですからこの先は、忍びを信用してはなりません。お命に関わります」

　忍びならば一服盛る事が出来、茶などのすり替えも容易いからだ。話を聞いていた恵吾の顔が、厳しいものになってくる。

「つまり、全ての忍びを信用するなと言ったのか？　忍びはそれほど危ない者だと、甲賀の忍びが言うのだな？」

　忍びは毒を使う怪しい者、危害を加えかねない者、いつ裏切るか分からない者であった。甲賀はいつの間にか、その疑いの渦に巻き込まれていたのだ。弥九郎は西之丸を見つめた。

「新しき仲間は、余程気を付けねばなりません。甲賀は、警護に加えて頂きたいと願っておりました。ですが……」

　今、言わねばならないと、弥九郎は歯を食いしばる。十郎も蔵人も、何を話そうとしているか分かったかも知れないが、明後日《あさって》の方を向き、弥九郎を止めはしなかった。

「甲賀など打ち捨て、西之丸様の安心を、一にせねばなりませぬ。忍びに警護を任せるなど、論外。安心が一に大事でございます」

　甲賀へ役目を与えるのは止めろと、自ら言う日が来るとは思わなかった。それでも、言ってしまった言葉は戻らない。後は友や根来衆にまで頭を下げるしかなかった。一門の皆から、死ぬまで嫌われる事を言ったと分かっていた。

　そして恐ろしい事に、弥九郎を厭う事すら手ぬるいと、考える甲賀が出るに違いない。そう察しが付いた。

（おれはこの先、嫁を貰えるのだろうか。一門の者だけでなく、同じ忍びにも迷惑を掛けたのだ。無理かな。無理だろうな）

　いきなり、そんな考えが浮かんできて、そのお気楽さに本気で大笑いしそうになり、必死に己を止めた。その時、西之丸が不意に顔を近づけてくると、何故だかそれは優しげに言ってきた。

「弥九郎、そんな考えを告げねばならぬとは、お主の立場も難儀だな。だが、甲賀が毒を盛ることはないと、分かっておるよ」

　自分に一服盛るならば、忍びが西之丸御殿へ通うようになって、直ぐが好機だ。疑う者すら居ない間に、忍びならば毒を盛れた筈と明るく言われ、弥九郎は目を見張る事になった。

「あの……西之丸様」

「何だ？」

「そのような事を笑って語られる、豪気なお方であられましたか」

呆然とする弥九郎の顔を見て、先から長く強ばっていた側付きの者達が、やっと苦笑を浮かべるようになった。恵吾が顔つきを緩め、弥九郎へ語ってくる。

「知らなんだのか。世子であられるのに、無茶もお好きゆえ。それで警護を増やそうと、前々から話していたのだ」

笑う西之丸の眼差しが優しく、今度は涙が出てきそうになってしまった。だが。

「西之丸様のお優しさと、お主ら甲賀の剣呑さは、別に考えねば。弥九郎の申し出、受け入れることにする」

厳しい恵吾の声がそう言い切り、それで事が決まった。側付き達が気を緩める事は、もう無いだろう。西之丸御殿に、忍びの場所は無くなった。よって弥九郎達は早々に、御殿を辞すことになったのだ。

毒使いと疑われた甲賀者に、どんな明日が待っているのかは、まだ分からない。ただ、西之丸御殿は余りにもあっさり、弥九郎から遠くなっていった。

弥九郎は、甲賀の組屋敷へ戻ると、長へ全てを話し、やはりというか謹慎を喰らった。

西之丸へ自ら、甲賀の忍びを切れと言い、一門の明日と夢を潰してしまったからだ。おまけに曲者を追った甲賀の忍びは、大名家の屋敷に阻まれ、その素性を掴み損ねていた。

弥九郎のしでかしたことが、甲賀の内に、風のように早く広まると、謹慎の罰では軽すぎるという声が吹き出した。

だが、長は馬鹿ではない。期限が区切られておらず、百人番所の勤めも、傘張りの仕事すら回ってこない謹慎は、気晴らしの野歩きすら許されず、心底辛かった。親までが、暫く弥九郎の顔を見たくないと、身内のところへ行ってしまったので、溜息も一人で吐くのだ。

そんな毎日が続くと、この世と、弥九郎を謹慎に追い込んだ輩が、疎《うと》ましくなってくる。買い物にも行けないので、食うのに必要なものを届けてくれる吉乃へ、つい文を託すと、次に来た青菜の間に、蔵人と十郎からの返答が入ってきた。

蔵人達も謹慎を喰らっていたが、家人とそのまま暮らしていたので、話す相手がいて羨ましい。先に、西之丸御殿へ入り込んだ忍びが、何者か分かるかと問うたら、暇を持て余していたらしい蔵人が、さっさと身元を突き止めてきた。

珍しい源氏輪輪違い紋の輩が、忍びの夢を邪魔したと伝えたところ、根来衆が力を貸してくれたという。珍しい紋は疾《と》く、その出自を示してきたのだ。弥九郎は頷いた。

「ほお、御殿へ忍び込んだのは、尾張徳川家に仕える伊賀者だったのか。なるほど、同じ伊賀者ゆえ手合わせしても、直ぐには江戸の伊賀とは違うと、分からなかったのだな。西之丸御殿の天井裏で何を探っていたのやら」

尾張徳川家は、跡継ぎを次々に亡くしている。その不運が怒りと疑いに化け、尾張の忍びを、西之丸御殿へ向かわせたのだろうか。

（奇妙な程続く、尾張のお跡目方の死。あれが、将軍家の跡取り問題と絡んでいるとでも、尾

張は考えたのか）

ならばこの後も襲撃は続くかも知れず、西之丸御殿へ入り込んだ忍び達は、何としても見逃せなかった。一方十郎は、蔵人から伊賀者の正体を聞いたようで、尾張の忍びについて、それは詳しく占い、弥九郎へ伝えてきた。

源氏輪の、輪違い紋の尾張者の仲間の人数とか、行きつけの飯屋へ暗くなってから寄る日とか、徳川家から参拝に行く日なども書いてあり、十郎の曲玉の占いが本気だと分かる。

二日経った日の夜、弥九郎は、輪違い紋の忍びと相まみえるつもりでこっそり組屋敷を抜け出した。占いは外れる事があり、尾張者が、多勢いることも考えられる。だが、しかし。

（今日のおれは負けぬよ）

尾張の伊賀者が、再び西之丸御殿へ忍び込むことは、止めねばならない。それに、あの忍び達の騒ぎを境に、甲賀は明日を失っている。その分の責任を、あの者達に取らせねばならなかった。

西之丸や、側付きの者達、老中、一橋の小姓など、初めて関われた者達との鮮やかな縁が、あっさり消えたのが苦しい。気がつけば己が、己達の一門が、また何者でも無くなったかのようで辛い。

自分で選び、西之丸御殿を去ったのに、江戸城の方ばかり向いてしまうのだ。惨めな思いが今日の弥九郎を、いささか危ない男にしていた。いつか、この持て余す思いが静まるのか、それが分からないのが怖ろしい。

（今日は久方ぶりに、我が秘技を使う。事が早く終わるだろう）

それは江戸の忍び達に知られている、四本の打鉤を使う技では無かった。しかし御殿で案じられた、茶へ一服盛るような事でもない。夜の内で使われれば、夜目が利く忍びであっても、何が起きたか分からないかも知れない。

弥九郎は影と化し、青山の組屋敷から離れていった。

（この技ばかりは、簡単に見切ることは無理だ）

忍びが空をゆく。そして。

後日、百人番所の内を、尾張で忍びの代替わりが続いたという噂が、密やかに流れた。

一月の後のこと。西之丸御殿から甲賀の弥九郎達へ、呼び出しの文が届いた。

（下巻につづく）

参考資料

『完本　万川集海』
中島篤巳（訳註）　国書刊行会
『完本　忍秘伝』
中島篤巳（訳註）　国書刊行会
『甲賀忍者の真実　末裔が明かすその姿とは』
渡辺俊経　サンライズ出版
『ここまでわかった甲賀忍者』
畑中英二　甲賀流忍者調査団（監修）　サンライズ出版
『そろそろ本当の忍者の話をしよう』
佐藤強志　山田雄司（監修）　ギャンビット
『忍者学研究』
三重大学国際忍者研究センター　山田雄司（編）　中央公論新社
『超リアル戦国　武士と忍者の戦い図鑑』
小和田哲男　山田雄司（監修）　株式会社G．B．
『戦国　忍びの作法』
山田雄司（監修）　株式会社G．B．

『江戸城　歴史群像　名城シリーズ7』
学習研究社
『よみがえる江戸城』
平井聖（監修・執筆）　小粥祐子（執筆）　NHK出版
『日本史リブレット　田沼意次「商業革命」と江戸城政治家』
深谷克己　山川出版社
『伝承薬の事典　ガマの油から薬用酒まで』
鈴木昶　東京堂出版
『大名と旗本の暮らし』
平井聖（監修）　学習研究社

初出　「小説現代」二〇二一年三月号、五・六月合併号、七月号、九月号、十一月号

畠中 恵（はたけなか・めぐみ）

高知県生まれ。名古屋造形芸術短期大学卒業後、漫画家アシスタントなどを経て、2001年『しゃばけ』で日本ファンタジーノベル大賞優秀賞を受賞しデビュー。'16年「しゃばけ」シリーズで第1回吉川英治文庫賞を受賞。著書に「しゃばけ」「まんまこと」「つくもがみ」シリーズ、「若様組」シリーズ（『アイスクリン強し』『若様組まいる』『若様とロマン』）、『ちょちょら』『御坊日々』『猫君』などの多数の作品がある。

忍《しの》びの副《ふく》業《ぎょう》 上《じょう》

2023年3月20日　第1刷発行

著者……………畠中《はたけなか》　恵《めぐみ》

発行者…………鈴木章一

発行所…………株式会社講談社

〒112-8001　東京都文京区音羽2-12-21

電話　編集　03-5395-3505

販売　03-5395-5817

業務　03-5395-3615

本文データ制作……講談社デジタル製作

印刷所…………株式会社KPSプロダクツ

製本所…………株式会社国宝社

定価はカバーに表示してあります。

ISBN978-4-06-530854-7

N.D.C.913 276p 19cm

KODANSHA

講談社の畠中 恵の本

若様とロマン

不穏な空気のなか、秘策として「若様たちのお見合い」が！
はたしてその成り行きは――？

平和そうに見える世の中に、不穏な空気が漂いはじめていた。
数年以内に“戦争”が始まるかもしれない――。
明治になって現れた「成金」のひとり、小泉琢磨は、戦へと突き進む一派の意向を押さえるべく動いていた。が、このままでは開戦派のやりたいようになってしまうという懸念から、今いる仲間以上に人を集めようと考える。

講談社文庫　定価：770円（税込）